행복한 기적

나를 사랑하는 나를 만나러 가는 길

행복한 기적

김영희 지음

다밋
DAMEET

책을 펴내며

한국을 떠난 지 스물여덟 해가 지났다. 그러다 보니 2000년부터는 거의 해마다 한국에 가서 어머니를 뵙고, 3주가량 머물다 오는 것이 나의 중요한 연중행사가 되었다.

한국에 가면 한글로 된 역사소설을 자주 사서 읽곤 한다. 내가 남달리 투철한 역사관을 갖고 있는 것은 아니지만, 뼈아픈 역사를 잊고 살다 보면 그 역사가 되풀이될 수도 있다는 생각이 들기 때문인지도 모르겠다.

그러던 중에 기지촌 여성들의 삶을 다룬 안일순 씨의 소설 《뺏벌》을 우연히 읽고 큰 감동을 받았다. 《뺏벌》이 계기가 되어 1995년부터 뉴욕 플러싱에 있는 국제결혼한 여성들의 쉼터인 '무지개집'을 여러 차례 방문했다. 그리고 '무지개집'을 통해 외국인과 결혼한 한인 여성들의 네트워크인 '국제결혼선교회'를 알게 되었다. 비로소 결혼 이주 여성의 인권에 대해 눈을 뜨게 된 것이다.

안일순 작가와의 인연 또한 그 후로도 이어졌다. 2000년 크리스마스에 그녀가 아들과 함께 캐나다 우리 집에 놀러 온 적이 있는데, 그때 그녀가 내게 말했다.

"킴벌리도 글을 한번 써봐."

"아니, 내가 어떻게 글을? 초등학교 3학년 때까지 한글도 못 깨우친 사람인데……."

"아냐! 수다 실력이 있어서 잘 쓸 것 같아. 나한테 말하듯 써봐."

안 작가의 말이 작은 불씨가 되어 내 속에 담겨 있던 것들을 짬날 때마다 하나, 둘 끄집어내어 글로 옮겨 보기 시작했다. 잊고 있었던 것들이 그동안 어디에 어떻게 숨어 있다 나오는 건지 이야기가 꼬리에 꼬리를 물고 끝도 없이 이어졌다.

글을 쓰며 지난날을 되돌아보는 사이, 목표도 분명해졌다. 진솔한 행복과 희망에 관해 사람들에게 외치고 싶은 욕구도 점점 커졌다. 세상이 알아주지 않는다 하더라도 가장 소중한 것은 '나'이며, '나의 삶'이라는 것을 독자들과 마음을 나누며 확인하고 싶어진 것이다.

우리는 성공이라는 화려한 껍질을 동경하며 앞만 보고 달리는 사이 행복의 본질을 잊어버리곤 한다. 그러면서도 얼마나 소중한 것을 놓쳤는지 모르고 여전히 달려간다.

지난 5년 동안 한국에 와서 강의를 할 때마다 사람들은 "킴벌리 씨, 살아온 이야기 좀 더 해주세요!"하고 주문을 하곤 했다. 그러나 늘 시간은 충분하지 않았고, 나는 일 때문에 급히 캐나다로 돌아와야만 했다.

이제 그분들이 듣고 싶어 하는 이야기를 아무 때고 들려 드릴 수 있게 됐다. 모닥불을 피워 놓고 빙 둘러앉아 두런두런 이야기를 나누듯이 이 책이 그분들에게 말을 걸 수 있게 되길 바란다. 그리고 행복이란 다른 사람이 내게 주는 것이 아니라, 내가 나 자신에게 끊임없이 하는 약속이란 것을 전하고 싶다.

이제 11년 동안 기다린 출산일이 멀지 않았다. 이 책을 펴내기까지 도움을 주신 분들 얼굴이 떠오른다. 학창시절 국어를 가르쳐 주신 이선자 선생님께 고마운 마음을 전해 드리고 싶다. 어느 해질 무렵 서초동 경복여상 교정을 바라보며 선생님이 들려주셨던 몇 편의 시는 내 영혼을 적셔준 단비 같았다. 지금 생각해 보니 선생님은 문학 속에 진솔한 삶이 들어 있다는 것을 그때 알려 주셨던 거였다. 그리고 과분한 추천사로 기운을 불어넣어 주신 안일순 작가님, 김미화 선생님, 박재희 박사님, 정말 고맙습니다. 책 다운 책이 될 수 있게 끝까지 마음을 써주신 앤터마이다스의 송정 대표님께도 감사의 인사를 드린다.

27년이 넘는 시간 동안 내 곁에서 당근과 채찍을 아끼지 않은 영원한 원수이자 동반자인 쟌, 수도원이나 절에 들어가지 않고도 저절로 도를 닦게 해준 우리 아이들, 메주, 쏘세지, 맨드라미에게 사랑의 마음을 전한다.

글쓴이의 진솔한 영혼을 소중히 여기고 흔쾌히 출판을 결정해주신 다밋 출판사 김소양 사장님, 기본 맞춤법도 제대로 되어 있지 않은 원고를 정리하느라 고생한 이윤희 팀장님, 멋진 표지를 만들어 주신 박시남 씨, 모두 고맙습니다.

2011년 겨울
캐나다 리치먼드 힐에서
김 영 희

차례

✿2부_캐나다 아리랑

⌘ 프롤로그

내가 좋아하는 꽃은 화려한 장미가 아니라, 은은한 향과 수수한 자태를 지닌 국화와 연꽃이다. 나는 국화처럼 은은하고 깨끗한 향기를 뿜으며 그렇게 살고 싶었다.

그러나 평생 길거리에서 사과와 떡을 팔며 살다 가신 평안북도 신의주 출신인 아버지와, 충청도 공주 깡촌 출신인 무식한 어머니의 딸로 태어나 '못 먹어도 GO!'를 외쳐야 했던 터라 애당초 내겐 선택의 여지가 없었다. 그리고 가질 수 없는 것을 갖기 위해 끊임없이 도전을 해야 했으므로, 국화나 연꽃 향기 대신 구역질나는 냄새를 풍기며 치열하게 살아내야만 했다.

그동안 내가 가장 흔하게 들었던 말은 '삶은 공평하지 않다(Life is not fair)'는 것과 '그것이 삶이다(Ces't la vie)'라는 것이었다. 그렇지만 나는 '그것이 인생이다'가 아니라, '이것이 인생이다'라고 말하고 싶었다. 누가 뭐래도 '공평하고 멋지게' 살아내어 언젠가는 소박하고 은은한 향기를 뿜어내고 싶었기 때문이다. 희망이 있으니 힘들어도 배움의 끈을 놓지 않으려고 최선을 다했다. 그리고 어떤 기회든 놓치지 않으려고 애쓰며 고맙게 받아들이는 사이, 미소를 잃지 않을 수 있었던 것 같다.

나는 지지리 가난한 집안에서 태어난 여자로, 초등학교 3학년 때까지 한글을 깨치지 못한 학습 저능아였다. 그때 내 아이큐는 79였다(중2때 담임선생님이 알려 주셔서 내 아이큐를 알았다). 그리고 일가친척 하나 없이 홀로 캐나다로 이민을 떠난 교포 1세이며, 그때나 지금이나 내 키는 152cm밖에 안 된다. 그러니 내가 가진 것이라곤 할 수 있다는 의지와 모험정신과 건강한 몸뿐이었다.

덕분에 나는 다른 사람들이 박사 학위를 딸 기간과 맞먹는 12년 동안 아르바이트를 하며 돈을 벌어 대학을 마쳤고, 2년을 더 공부해 캐나다 정부가 인정하는 공인회계사 자격증을 따냈다. 그리고 이제는 공인회계사, 국제공인재무설계사, 공인유산상속 전문가가 되었다.

그러나 처음 캐나다에 왔을 때는 수많은 어려움이 나를 기다리고 있어서 밑바닥부터 기어 올라갈 수밖에 없었다. 그래도 연꽃이 되는 해피엔딩을 꿈꾸며 고통의 순간들을 견뎌낼 수 있었다.

연꽃은 진흙 속에서도 뿌리가 썩지 않는다. 그러기 위해 배수가 잘 되도록 속을 비우고 커다란 구멍들을 제 뿌리에 내어 눈부신 꽃을 피워낸다. 나도 연꽃이 되고 싶었으므로, 고향과도 같은 가난과 무지와 차별에 대한 분노와 좌절감을 걷어내고 마음을 비우기 위해 끊임없이 노력해야만 했다.

진흙탕 속에서 평생 살아가야 하는 나의 뿌리를 위해서라도 반드시 아름다운 꽃을 피워내야 한다고 다짐하면서도, 어처구니없는 실수를 하고 눈물 흘리는 날도 많았다. F학점을 받았더라도 오뚝이처럼 벌떡 일어나 새 학기를 맞이해야 했고, 잠시도 쉴 틈 없이 갖가지 직장에서 생활비를 벌어야 했다.

이러한 내가 무엇보다 자랑스럽게 여기는 것은 남편 쟌을 만나 결혼을 하고, 한때 어지간히 속을 썩이긴 했지만 지금은 제 앞가림을 곧잘 하는 세 아이와 함께 행복한 가정을 꾸리며 살고 있다는 거다. 그러기 위해 멋들어지게 해내지는 못했지만 엄마라는 자리를 굳건히 지켜야 했으며, 아내 역할도 충실히 해야 했다.

이 모든 일들이 내게는 참으로 쉽지 않았다. 하지만 저 멀리서 반짝이는 꿈이 있었기에 손안에 들어 있는 네 개의 공을 쉬지 않고 저글링을 할 수 있었다고 생각한다.

언젠가는 내 삶이 알차게 영글어 아름다운 꽃을 피울 수 있게 될 것이며, 행복한 삶을 살게 될 거라는 믿음으로 때로는 무모해 보이기까지 하는 도전 앞에서도 주저하지 않았다. 그래서 밑바닥을 기어야 할 때도 불평을 하지 않고 '오늘은 돼지, 내일은 용!'이라고 외쳤다. 기어 봐야지 걸을 수 있고, 뛰어 봐야지 날 수 있는 희망을 꿈꿀 수 있다고 생각했기 때문이다.

행복을 찾아가는 길이 결코 평탄하지 않다는 것은 누구나 다 안다. 그렇다고 해서 사람들 앞에 특별히 내세울 만한 멋들어진 것을 내가 가지고 있는 것도 아니다. 나는 그저 다른 사람과 비교하지 않고 나만의 행복을 찾기 위해 최선을 다했고 그런 나 자신이 기특하고 자랑스러울 뿐이다.

독자들이 내 글을 읽는 동안 이걸 잊지 않으면 참 좋겠다. '여기 아이큐 79에 키는 152cm밖에 안 되며 가난뱅이에 참으로 보잘것없는 김영희가 이렇게 어려운 순간에도 희망을 잃지 않았다는 거지. 날개가 꺾이고 목숨을 위협당하는 순간에도 삶의 끈을 놓지 않았다는 말이구나. 그래, 내가 김영희보다 키가 큰 사람일 수도 있고, 더 똑똑한 사람일 수도 있으며, 더 부자일 수도 있지 않은가!'

행복은 희망의 끈을 놓지 않는 사람에게 찾아온다. 행복은 나 자신과 나, 둘만이 할 수 있는 소중한 약속이니까 말이다.

이 행복한 기적이 독자들의 삶 속에서도 이루어지길 바란다.

1부

🌸

희망이라는 작은 불씨

저능아, 가난뱅이, 원치 않았던 자식, 이것이 나였다.
하지만 이 모든 것을 털어내고 한 많은 이 세상을 한없이 살아가기로 했다.
그리고 세계를 자유롭게 여행하는 비즈니스 우먼이 되리라 마음먹고
내 삶의 시간표를 짜기 시작했다.

✽ 유치장에서 자란 아이

사람은 환경에 따라 들녘에 핀 민들레처럼 밟히어도 죽지 않는 강인함을 배우거나, 지레 겁을 먹고 피하는 소심한 삶의 여정을 선택하거나 둘 중의 하나를 택하게 된다. 분명한 것은 선택권이 우리 각자에게 있다는 것이다.

"저어기, 정말 죄송해요. 신문지 좀 주시면 좋겠구먼유."

"후유, 이 똥 냄새! 아주머니, 애한테 젖 물리지 마셔요! 자꾸 먹이면 더 쌀 것 아녜요!"

삼복더위에 세 평도 안 되는 유치장에 노점상 이삼십 명이 갇혀 있었다. 그 속에는 우리 엄마도 있었다. 엄마는 발버둥을 치며 울고 있는 두 살짜리 딸아이의 설사를 연신 신문지로 치우고 있었다.

"어어, 또 쌌어?"

별로 먹은 것도 없는 아이는 유치장 시멘트 바닥에 똥칠을 자꾸 해댔다. 엄마는 유치장에서 구류를 사는 것보다 냄새 때문에 노점상 동지들에게 왕따를 당할까 봐 더 걱정이 되었다고 한다.

"에이씨, 아줌마! 이리 나와요."

"가요, 가!"

벌금도 물지 않고 유치장에서 나올 수 있었던 엄마는 용수철 달린 싸구려 나무 인형처럼 고개를 한참 동안 끄덕이며 황송해했다. 그리고 부러움으로 가득 찬 육십 개의 핏발 선 눈길을 한 몸에 받으며 유치장 창살을 벗어났다.

"아이고, 우리 영희가 설사를 해서 효도하네!"

엄마는 영등포 시장거리 노점상 동지인 명철이 엄마와 구류를 살지 않고 벌금도 안 내고 나올 수 있어서 얼마나 다행이냐 싶었을 것이다. 그리고 도망가는 데는 선수지만 무능하기 짝이 없던 아버지는 유치장에 있는 배탈 난 어린 딸과 온종일 굶은 아내를 데리고 나오기 위해 벌금을 물지 않아도 되어 기뻤을 것이다.

나는 두 살 때부터 유치장에서 똥을 짝짝 싸는 것으로 효도 아닌 효도를 했다. 그래서 그런지 엄마는 노점상 단속반 아저씨들에게 적발당할 때마다 제일 먼저 나를 등에 들쳐 업고 경찰서를 향하는 차에 오르는 센스를 키워 가셨다고 한다.

이처럼 나는 내 또래의 아이들이 모기장 안에서 깔깔거리며 즐거워할 때, 엄마 등에 업혀 경찰서를 자주 드나들곤 했다. 그래서 그런지 훗날 내 삶이 오물을 뒤집어써서 역한 냄새를 마구 풍기게 되어도 그리 눈살을 찌푸리지 않을 정도로 내성을 갖게 되었다.

엄마는 일제강점기 때 충청도에서 다닌 소학교 2학년 중퇴가 최종 학력이지만, 유머 감각이 탁월하고 신용이 철저하고 정말 근면한 분이셨다. 한길 건너 일수놀이 하는 홍우네 엄마한테 4부(연40%) 이자를 깎아 3부 5리(연35%)에 얻어 쓸 수 있었던 것도 신용 덕분이었다.

그래서 매일 홍우 엄마가 가지고 오는 일수 치부책에 먼저 도장을 찍고 난 후에 자식들 입에 들어갈 양식 걱정을 하셨다. 그런 엄마를 보면서 나 또한 굶으면 굶었지 남들에게 꾸어온 돈으로 내 배를 먼저 채우는 일을 하지 않겠다는 각오를 하며 자랐다.

엄마는 일수를 찍기 위해, 또 아이들 입에 밥을 넣어주기 위해 치열하게 사셨다. 시장의 다른 노점상들도 엄마와 마찬가지로 눈물 나게 열심히 살았다. 하지만 가진 것 없는 시장 구석 빈민들의 인생은 하루하루가 숨바꼭질이었다. 목구멍에 풀칠하겠다고 버둥거리는 기름기 없는 얼굴의 노점상들과 그들을 쫓는 철거반 아저씨들과의 숨바꼭질을 월례행사처럼 치렀기 때문이다.

나는 그 모습을 보며 없는 자들에게 차고 넘치게 주어지는 축복은 바로 '어린 시절부터 스스로 삶을 개척해야 한다는 의지'라는 걸 일찌감치 감지해야 했다.

❋ 엄마의 자살

"어엄마, 죽지 마!"

죽음이 무엇인지도 모르는 네 살 난 계집애인 나는 엉엉 울기 시작했다. 우리 집은 극성맞은 아이가 넷이라 셋방을 얻기도 힘들었다. 아이가 두 명이라고 거짓말을 하고, 없는 말까지 보태고 빼 가며 어렵사리 얻은 문간방이었다.

그런데 그 단칸방 안에 휙 던져 놓은 마른걸레처럼 엄마가 쓰러져 있었다. 하얀 분 대신 시커먼 연탄 가루를 바른 엄마의 차가운 손을 잡았을 때 냉혹한 슬픔에 짓눌렸던 뜨거운 울음이 통제 불능으로 터져 나왔다.

고생이야 타고난 팔자라 여기며 열심히 살아보려 했던 엄마였다. 하지만 눈만 뜨면 바람을 피우고 술독에 빠져 지내는 개망나니 아버지를 엄마는 견딜 수가 없었던 모양이다.

그래서 복수하는 심정으로 온 동네 약방이란 약방은 죄 휘몰고 다니며 사서 모아놓은 수면제를 한 줌에 털어 넣었다고 한다. 돌아봐야 한스러움 뿐인 인생. 엄마는 모진 가난과 수치심으로 가득한 삶을 미련 없이 훌쩍 털어내어 버리고 싶었던 걸까?

허기진 배를 움켜쥐고 학교에서 돌아온 큰오빠는 흰 거품을 가득 물고 버들거리며 죽어가는 엄마를 봤다. 삼복더위의 한낮 담장 그늘에 늘어져 있는 개처럼 엄마의 몸뚱이는 큰오빠 등에 업혀졌다. 작은 등에 엄마를 업고 비척거리면서 병원으로 뛰는 초등학교 6학년 오빠에게서는 땀인지 눈물인지 모를 것이 범벅이 되어 줄줄 흘러내렸다.

그때 내 머릿속은 하얀 백지장이었다. 아무것도 생각이 안 나고 오직 가뭄에 콩 나듯 엄마의 팔베개를 베고 낮잠을 잘 때 콧구멍을 비집고 들어오던 엄마의 구수한 겨드랑이 땀 냄새와 왱왱거리는 전선 소리만이 장송곡을 연주하는 듯했다.

엄마의 말라비틀어진 몸을 짊어지고 가는 오빠의 무거운 뒷다리 그림자가 길게 만들어준 새까만 뙤약볕 줄기만 나의 까만 동공 속에서 크게 흔들리고 있었다.

머리를 들이밀고 고통스러운 삶과 정면 승부할 자신이 없었던 겁쟁이 엄마. 엄마는 옆에서 우는 작은 딸의 흐느낌은 나 몰라라 하며 삶을 쉽게 팽개치고 혼자 뱃속 편하게 깊은 잠속으로 도망치려고 했다. 그 소름 끼치는 흐느낌 속에서 나는 눈물을 주먹으로 훔쳐 닦으며 주먹을 꼬옥 쥐었다.

ㄱ자를 뒤집어 놓은 듯한 안채 끝에 낮은 처마가 드리워진 문간방, 히끗한 기와지붕, 마당 한가운데 있는 수돗가, 연탄불을 담고 양지에

덩그러니 놓인 난로가 하나하나 기억 속에 차곡차곡 담겨졌다.

"다시는 이런 썰렁한 곳에서 혼자 울지 않을 거야! 이것이 내가 흘리는 마지막 눈물이 되게 할 거야! 독한 년 소리를 듣더라도 물컹물컹한 눈물은 흘리지 않을 거야. 그 대신 마른 눈 똑바로 뜨고 내 삶을 찾아갈 거야! 아무리 삶이 나를 포기한다 해도, 지레 겁먹고 항복하는 쪼다가 되어 삼십육계 줄행랑을 치지는 않을 거야! 난 엄마가 아니야! 얻어터져서 성한 구석 하나 없는 인생이라며 웃음거리가 된다 해도 난 포기하지 않을 거야!"

난 죽음은 사람이 건드릴 수 없는 영역이라고 확신하기에 엄마처럼 안식처를 죽음에서 찾지 않고 '개똥밭에서 구르더라도 이승'이라고 악을 고래고래 지르면서 살기로 했다.

엄마의 모습을 보면서 고작 네 살이었던 나는 내가 선택한 주도적인 삶을 살아야겠다고 결심했다. 그리고 내가 뒤집어 놓은 모래시계가 서서히 내 시간대에 맞춰 흐르기 시작했다.

✱ 누구에게나 그레고리 펙은 필요하다

나는 서로 배려하고 사랑하는 따뜻한 가정에서 자라지 못했다. 오고 가는 고운 말에 사랑이 담기고 맛있는 것을 먹으라 밀어주는 따뜻함이 우리 집엔 없었다. 부모님은 무지막지하게 욕을 해대며 싸움을 하셨고 나는 그 소리를 자장가로 여기며 잠을 청한 아이였다. 그런 환경 속에서 나의 어린 영혼과 육체는 쉴만한 곳을 찾아 헤매야만 했다. 내 머릿속은 마치 압력이 꽉 찬 압력밥솥 같아서 그 압력을 빼줄 곳이 꼭 필요했다.

네 살 때 수면제를 과다 복용해서 자살을 시도했던 엄마를 본 이후로 나는 똘망똘망하게 생긴 겉모습과는 다르게 온갖 도발적인 생각을 머릿속에 채웠다. 그 머릿속에는 사회에 대한 불신과 여자에게 고리타분하기 짝이 없는 유교적 사상에 대한 반발의식이 언제 어떻게 폭발할지 모르는 압력으로 변해 가득했다.

그때 내 눈에 들어온 것이 미국 영화배우 그레고리 펙이었다. 어린 나이에 서양 남자에게 반한 걸 보면 국제결혼은 나의 운명이었는지도 모른다.

나는 그레고리 펙을 삼류극장에서 처음 만났다. 어린아이 넷을 데리고 열심히 살아 보겠다고 노력하는 엄마의 모습에 감동을 받은 방앗간 아저씨가 엄마에게 작은 가게 자리를 내어주셨다. 그때 부모님이 사과 장사를 하던 가게 앞에 밀가루 풀을 쒀서 포스터를 붙이는 대가로 삼류극장에서 극장표 두 장을 주었다.

그 두 장의 극장표를 가지고 꾀죄죄한 땟국물이 흐르는 양아치 같은 네 명의 영악한 아이들은 최대한 굴릴 수 있는 머리를 다 굴렸다. 큰오빠는 셋째 오빠를 업고 둘째 오빠는 나를 업어 여덟 개의 다리를 네 개로 줄이는 기막힌 산수를 했다. 극장으로 걸어 들어가는 사람 수를 두 사람으로 줄인 것이다.

그렇게 그레고리 펙의 영화를 보았다. 그때 극장에서 코끝을 후비며 파고드는 시금털털한 지린내도 몽블랑 향수처럼 느껴졌다. 돌리고 돌려 지쳐 버린 필름은 직직 줄이 가 있어 스크린에 비처럼 내렸다. 하지만 그 안에 나오는 잘생기고 여자에게 친절한 그레고리 펙은 내게 너무나 신선한 충격이요, 도피처로 다가왔다. 부모님이 서로를 저주하고 자식들을 불행하게 만든 것은 가난 때문이 아니었다. 그레고리 펙 오빠처럼 따스한 눈길로 서로를 바라보지 못했기 때문이었고 사랑, 배려 그리고 존중이 우리 집에는 없었기 때문이었다. 그래서 어린 우리 형제가 영혼이 진물 나도록 울어야만 했다고 느꼈다.

그레고리 펙을 보면서 사랑하는 마음과 배려하는 마음이 무언지를 느낀 나는 그가 영혼의 도피처이며 지친 몸을 쉴 수 있는 물가로 느껴졌다. 그리고 언젠가는 그레고리 펙을 만나 그 품에 안겨서 내 지친 몸과 마음을 위로받고 싶다는 마음이 생겨났다. '오빠'의 품에 안기는 상상은 누런 바나나 껍질 같은 나의 동심에 산소를 넣어 주었다. 그것만이 오로지 나를 썩지 않게 해준 유일한 메커니즘이었다.

우리 모두는 스트레스를 확확 뽑아낼 수 있는 굴뚝이 필요하다. 더 도망칠 곳이 없을 때, 더는 희망을 찾을 수 없어 괴로움에 몸부림칠 때, 그럼에도 불구하고 견디고 참아야 할 때 우리는 스트레스를 풀어주고 달래줄 굴뚝을 찾아내야 한다. 그레고리 펙은 어린 나를 지켜준 굴뚝이었고 희망이었다.

✱ 자살 중독

김치만 중독성이 있는 것 같지 않다. 도둑질, 서방질, 계집질 그리고 알코올중독처럼 자살도 중독이 되나 보다. 엄마는 자살에 중독이 된 것 같았다. 병원에 실려가 위세척을 받고 나온 엄마는 그전보다 더 수척한 모습으로 살아가고 있었다.

엄마의 자살 수법은 미수로 끝난 첫 번째 자살 소동 때문인지 점점 더 지능화가 되시는 것 같았다. 뒤처리가 불가능할 것이라는 생각에서인지 동맥에 칼날을 들이대어 그었다. 그리고 연탄가스를 청정 산소를 흡입하듯 들이켰다. 수면제를 사서 모으는 데는 아예 도의 경지를 터득한 듯했다.

자살을 관망하는 것도 중독이 되는 걸까? 엄마가 자살을 끊임없이 시도할 때마다 나는 점점 엄마가 시도하는 자살이란 그냥 밥을 먹고 잠을 자고, 배설을 하는 일상처럼 느껴지기 시작했다. 어쩌면 첫 번째 자살 소동 때 네 살짜리 영혼의 수액이 모두 말라버렸는지도 모른다. 그래서 엄마가 미수가 아니라 깨끗하게 성공을 한다 해도 더 이상 나올 눈물이 없을 것 같다는 생각이 들었다.

어느 날, 엄마는 나에게 이러셨다.

"여자 팔자 뒤웅박 팔자란다."

"너도 어미 닮아서 남편 복은 지지리 없을 거니 나랑 같이 죽자."

엄마는 혼자 황천길 가는 게 외로울까 봐 걱정되었는지 물귀신 작전으로 끊임없이 나를 채근하셨다. 하지만 엄마가 그러실 때마다 나는 내 인생을 제대로 개척할 수 있을 거라는 확신이 이상하게 가슴 밑바닥에서 힘차게 올라오는 것을 느꼈다.

중학교 2학년 어느 날, 똑같은 동반 자살의 채근을 휙 뿌리치고 엄마를 똑바로 쏘아 보면서 터져 나오는 말을 했다.

"엄마, 죽고 싶어? 그럼 엄마 혼자 죽어!"

그렇게 쏴붙인 딸년이 못내 서운했는지 그 후로 다시는 같이 죽자는 소리를 안 하셨다.

엄마의 동반 자살 권유를 단칼에 무 자르듯이 하고 난 후 나는 지혜한 토막을 배웠다. 무기력증에 빠진 사람에게 주는 값싼 동정과 위로가 오히려 상대방에게 득보다 해가 될 수가 있다는 것을 말이다.

연속적으로 드라마를 찍듯이 엄마가 죽겠다고 할 때마다 엉엉 울면서 뜯어말리고 무릎을 꿇고 앉아 '엄마, 죽지 마! 내가 잘할게!' 하고 빌었다면 엄마는 어떤 생각을 하셨을까?

그런 자식들을 보면서 처음에는 '그래! 내가 너희들을 위해 살아야지' 하다가 나중에는 그런 울고불고하는 상황에 희열을 느끼는 습관이 들지 않으셨을까? 마치 마약중독자가 '내가 왜 이러지? 나는 죽어도 마땅해!'하며 자책을 하고 난 후 다시 그 자책의 상처를 그리워하는 것처럼 말이다.

난 자살이 싫었다. 네 살 때를 생각하면 딱 하나의 추억이 떠오른다. 오빠 등에 업힌 축 처진 엄마의 모습, 그 모습은 아름다운 사람의 모습이 아니었다. 그건 그냥 개죽음처럼 보였을 뿐이다.

이 세상이 싫다고, 더 못 견디겠다고, 자기 편하자고 자살하는 사람들은 남은 사람들에게 잊히지 않는 슬픔과 말로 형용할 수 없는 아픔이 새겨진다는 걸 모르는 것 같다.

나는 이기적인 사람들이 서슴없이 하는 게 자살이라는 생각이 든다. 자살은 어떤 형태로든 아름답거나 고귀하게 포장할 수 없는 것이다. 내게는 애국지사의 일화라 하더라도 그것이 자신의 목숨을 끊는 것이라면 좋게 보이지 않는다. 그리고 나는 사람은 죽기 위해 태어난 것이 아니라 살기 위해 생명이 주어졌다고 믿는다.

✳️ 아이큐 79 저능아의 출발

　내가 어렸을 때 제일로 갖고 싶었던 크레파스 색은 샛노란 병아리 색이었다. 하지만 내가 가지고 그릴 수 있었던 크레파스는 회색빛 하나인 듯했다.

　이유는 알 수 없지만 엄마는 한동안 우리 곁을 떠나 있다가 내가 초등학교를 입학하고 나서 얼마 후에 집으로 돌아오셨다. 그리고 어느 추운 봄날, 나는 초등학교에 입학을 했다. 엄마가 안 계셨던 터라 아버지 손을 잡고 학교에 갔다.

　엄마는 아버지와의 불행한 결혼 생활로 스트레스가 쌓여서 나를 임신했을 때부터 담배를 태우기 시작하셨다고 한다. 그때는 흡연이 태아에 미치는 정보가 제대로 밝혀지지 않아서 그랬는지 아무 거리낌 없이 담배를 피우셨다. 그런 탓에 엄마 자궁에 둥지를 튼 나는 유난히 왜소하게 태어났다.

　한 무리의 작은 병아리들을 모아 놓은 듯 학교 운동장에는 수많은 입학생이 있었다. 그리고 그중에 유난히 남들의 이목을 집중적으로 끄는 아이가 있었다. 그 아이는 빗질하지 않은 곱슬머리에 꼬질꼬질한 차림을 하고 맨 앞줄에 서 있던 바로 나였다. 많은 학부모가 측은하게 바라보는 그 눈길은 매서운 바람이 되어 홑바지와 스웨터 속을 인정사정없이 파고들고 나는 오뉴월 개처럼 벌벌 떨고 있었다.

그 추운 봄날 두툼한 겨울 코트 하나 사서 입힐 줄 모르는 센스 없는 아버지와 함께 첫 번째 사회생활을 시작한 나는, 내 학창시절을 서른두 개 왕자표 크레파스로 아름답게 그릴 수 없을 거라는 현실을 감지해야 했다. 대신 이름 없는 회사가 만든 하양, 노랑, 빨강, 초록, 파랑, 보라, 검정, 살색 여덟 개 색만 들어 있는 크레파스로 남들과 비슷한 그림을 그려야만 한다는 것을 어렴풋이 느꼈다.

아무리 똑같이 물과 햇빛을 받는다 해도 똑같은 시간에 모든 꽃이 피지 않는다. 그런데 담배 피우는 엄마의 자궁에서 영양 공급도 제대로 받지 못하고 왜소하게 태어난 나는 작은 몸뚱이만큼이나 지능지수도 매우 낮은 아이큐 79였다. 학습 능력이 무척 떨어지는 저능아였던 것이다.

초등학교 3학년 때까지 한글을 깨우치질 못했으니 받아쓰기 시간은 물고문 이상으로 고통스러웠다. 받아쓰기 시간만 되면 짝꿍 팔을 연필심으로 찔러가며 갖은 공갈 협박을 하면서 보여달라고 간청을 할 정도였다. 다른 아이들은 초등학교 1학년 1학기가 끝날쯤 되면 한글을 깨치는데, 그들과 달리 난 선생님이 말씀하시는 것이 마치 물 위에 뜬 기름처럼 머릿속에서 겉돌기만 했다.

가만히 앉아서 선생님 말씀을 듣는 척하는 동안 내 머릿속에는 며칠 전에 엄마한테 물 호수로 흠씬 두드려 맞은 후 그레고리 펙 오빠의 잘생긴 얼굴을 상상하며 위로를 삼았던 일, 노상 소리치면서 혼내는 큰오빠의 험악한 얼굴, 그리고 술 취한 아버지와 지겹도록 싸우고 늘 어놓는 엄마의 신세 한탄 등 다양한 삶의 프리즘이 떠올랐다.

그러니 세종대왕께서 무지한 백성을 어여삐 여기사 아이큐 50만 넘으면 쉽게 배울 수 있도록 만들어 주신 한글조차 내 머릿속에 비집고 들어올 공간이 없었나 보다. 정서 불안에 공부도 못하는 난 선생님들에게 한 번도 사랑을 받아본 기억이 없다. 있으나 없으나 마찬가지인 존재였기 때문에 더 그랬던 것 같다.

초등학교 2학년 때, 회오리 돌풍처럼 치맛바람을 자주 일으키고 나타나는 엄마를 가진 숙영이는 선생님한테는 눈에 집어넣어도 아프지 않을 예쁜 학생이었다. 그래서 소풍을 가면 항상 선생님 옆에는 숙영이가 예쁜 모습으로 앉아 사진을 찍고 나는 변두리 인생처럼 줄 맨 가장자리에 사이다 한 병과 김밥이 들어 있는 자그마한 가방을 안고 인생 다 산 애늙은이처럼 미간에 주름을 잡고 앉아 있었다.

엄마가 촌지 한 장 들고 오신 적이 없고 사과 장사를 하고 있어도 썩은 과일 한 봉지 선생님께 가져다 드린 적이 없었던 터라, 난 내가 사랑받지 못한다고 확실히 느꼈다. 그리고 옷과 얼굴은 항상 땟국물이 줄줄 흐를 정도로 지저분한 아이였다.

하지만 난 항상 씩씩해야만 했다. 세상에서 제일 무서운 사람은 더 이상 잃을 게 없는 사람들이기 때문이다. 나의 씩씩함은 운동회 때 나타났다. 집에서나 학교에서나 사랑받지 못하는 아이의 울분을 백 미터 달리기에서 죽자 살자 뛰면서 풀었다. 짧은 다리로 항상 달리기에서 2등을 할 수 있었던 것은 나에겐 악에 받친 근성이 있었기 때문이다.

타의 추종을 허락하지 않는 치맛바람의 대가인 숙영이 엄마가 제일 좋았을 때도 운동회 날이었다. 그 아줌마가 운동회 날에 식모 언니를 대동하고 가지고 오시는 가방 안에는 달리기 1등, 2등 그리고 3등한 아이들에게 줄 공책과 연필이 가득했기 때문이다.

어미나 딸년이나 꼬락서니가 비슷해서 난 늘 늙고 초라한 엄마를 창피하게 생각했다. 그래서 제발 엄마가 소풍 가는 날이나 운동회 때 오시지 않기를 바랐다. 다행히 엄마는 입에 풀칠하는 걱정과 일수를 찍어야 하는 현실에 충실하기 위해 한 번도 나의 바람을 실망시키시지 않으셨다.

운동회 때 하던 달리기 덕분에 난 항상 삶에서도 2등을 할 자신이 있었다. 주어진 환경은 좋지 않아도 풍부한 영양으로 나보다 다리가 긴 아이들보다 더 잘 뛸 수 있었다. 악에 받친 헝그리 정신이 있었기에 2등은 할 수 있다는 자신감을 늘 가졌다.

빳빳한 봉투에 든 촌지를 받고 몇몇 아이들만 사랑해 주던 그 선생님께 화려하게 복수를 할 수 있으리라 꿈꾸며 울분을 삼켰다.

✳ 머저리의 혁명

완벽한 사랑은 상상 속에서나 가능하다고 한다. 하지만 난 현실 속에서도 희망과 사랑을 주는 선생님을 만날 수 있을 거라 믿었다. 그리고 '영희야, 넌 잘할 거다' 하시면서 머리를 쓰다듬어 주는 선생님의 손길이 비록 회초리와 함께 온다 할지라도, 나는 나의 깨끗한 양심을 믿어주는 선생님을 기다렸다.

하늘이 도우사 나는 드디어 초등학교 3학년이 끝나갈 즈음에 한글을 깨우쳤다. 그리고 나와 비슷한 학습장애가 있는 친구들과 방과 후 학교에 남아 선생님께 지휘봉으로 머리를 맞아 가면서 구구단을 외웠고 쓴맛 단맛을 다 본 후 4학년이 되었다.

한글과 구구단을 안다는 자부심을 갖고 5학년이 되어 시험을 본 어느 날을 나는 잊을 수가 없다. 시험을 보고 나서 시험지를 걷어 채점을 한 후 다시 되돌려 준 다음 선생님은 우리에게 이렇게 물어보셨다.

"다들 쪽지 시험 잘 봤어요?"

모두 준비하지 않았던 쪽지 시험이었는지 아이들이 고개를 빼고 앉아 있었다. 하지만 유독 지저분하게 생긴 영희만 아버지가 고향에 대한 한을 담아 목을 빼고 부르셨던 '굳세어라 금순아'의 금순이처럼 꿋꿋하게 기대에 찬 눈빛으로 선생님을 바라보고 있었다.

"어디 보자. 70점 맞은 사람 손들어 봐."

"다음 80점 맞은 사람 일어나 봐."

영광의 80점 군중 안에는 실핏줄이 새치름하게 얼굴에 피어 있는 내 짝 반장도 들어가 있었다. 그 애의 밀가루 뒤집어쓴 것 같은 하얀 얼굴에 펼쳐 있는 실핏줄 속엔 그날따라 더 독기가 서려 있는 듯했다.

"그래 반장이 80점을 받았으니, 더 이상 잘한 애는 없겠지?"

하지만 선생님은 비빔밥 위에 얹는 실속 없는 마른 실고추 고명처럼 "90점 맞은 아이?"하고 마지막으로 물어보셨다. 그 음성, 그 소리의 질감은 집에 갈 때 음악 테이프를 파는 노량진 전파사 앞에서 노상 신나게 듣던 화끈한 가수 김추자 언니의 '월남에서 돌아온 새까만 김상사' 보다 더 나의 기분을 윤기나게 만들어 주었다.

나는 액셀러레이터를 밟자마자 헛바퀴 돌지 않고 잽싸게 나가는 독일차처럼 뭉그적거림 없이 신속하게 의자를 떨치면서 일어났다. 짧은 뒷다리와 투실투실한 엉덩이로 의자를 차고 일어날 때 나의 심장은, 마치 주먹 세계의 똘마니들이 큰형님 앞에서 '형님! 저도 알고 보면 할 수 있는 괜찮은 자식입니다!' 하는 의기양양함으로 가득 찼다.

하지만 불과 2초나 지났을까? 선생님은 찌그러진 양은 주전자처럼 울상을 하면서 앙칼지게 나와 반장을 부르셨다.

"야, 반장! 김영희! 둘 다 시험지 가지고 나와!"

예상치 못한 선생님의 주문에 쭈뼛거리면서 구겨진 자존심을 질질 끌고 난 선생님 앞에 죄인처럼 나가야만 했다.

"과외 하고 싶단 말야" 하며 몇 날 며칠을 징징거려 엄마가 처음으로 큰맘 먹고 과외를 시켜줬다. 그래서 두 자리 수 아이큐를 가진 내가 쪽지 시험 1등을 했지만, 선생님은 내가 짝꿍인 반장의 답안지를 보고 커닝을 했을 거라고 심증으로 확신을 하신 것 같았다. 그래서 물증을 잡기 위해 나와 반장의 시험지를 보고자 한다는 것을 뼛속 깊이 느낄 수가 있었다.

고개만 갸웃하시는 선생님 입술에서, '영희야, 아주 잘했다!', '영희가 열심히 공부를 했구나', '자, 여러분도 영희처럼 열심히 해라'라는 칭찬이 나올 거라는 기대는 사라졌다. 차가운 눈빛으로 참빗에 서캐 긁어내듯 내 답안지를 빗질하시는 선생님의 반응에 어린 마음이 굳어져 갔다.

"들어가 봐."

선생님이 상당히 실망한 눈초리로 내뱉은 석연치 않은 명령에 따라 자리로 들어갈 때 내 두 다리는 녹인 엿 위를 기어가는 것처럼 무척 찐득거렸다. 머저리의 혁명은 그날 그렇게 끝이 났다. 그냥 어쩌다 운이 좋았다고 믿고 있는 선생님을 실망시켜서 정말 죄송하다고 해야 하나.

올리비아 하세처럼 예쁘게 생긴 숙대 여학생 언니한테 하루가 멀다 하고 과외받은 결과를 나는 그날 봤다. 그런데 가시가 왕창 돋친

선생님의 눈초리 앞에서 나는 졸지에 반장 답안지를 훔쳐 먹은 도둑고양이 신세가 되어 변명도 못하고 딸꾹질만 해대고 있었다.

내 나이 열두 살이었던 그해, 난 남들이 만들어 놓은 틀에는 '얘는 싹수 있는 놈, 저건 포기해야 하는 놈!'이라는 문신이 아주 선명하게 등짝에 찍혀 있다는 것을 알았다. 그리고 그냥 나를 있는 그대로 사랑해 줘야 할 분들이 찍어놓은 그 문신 때문에, 상처받은 내 영혼이 아물지 않아 누리끼리한 고름이 질질 흘러나오고 있다는 것도 알게 되었다.

그때 그 선생님께 이렇게 말씀드리고 싶다.

'선생니임, 공부를 못한다고 양심을 헌 신발처럼 내팽개치지는 않았어요! 그땐 제가 잘 클 수 있는 멸치와 우유가 없어서 못 컸지, 저도 남들처럼 훌쩍 클 수 있는 아이였다고요. 당신이 남겨주신 문신의 가장자리에서 이제는 때깔 좋은 선홍색 빛이 납니다.'

그리고 지금도 아이들을 구별해 사랑하시는 선생님들이 있다면 이렇게 말씀드리고 싶다.

'선생니임, 말 안 듣는 말썽꾸러기 때문에 힘드시죠? 그런데 그 말썽꾸러기가 몇십 년 후에 당당하게 어른이 된 모습을 미리 상상하시면서 사랑해주시면 안 될까요?'

'선생니임, 학생들이 보고 따라 할 수 있는 진정한 스승이 되어 주세요! 아이들은 선생님을 평생 기억하면서 존경할 테니까요.'

✱ 엄마의 18번, 저주의 교향곡

"하안 많은 이 세상 야속한 님아, 한오백 년 사자는 데 왜엔 성화요
~~"

"또 시작이야. 지겨워!"

"급살 맞을 노래!"

"뭐가 그렇게 한 많은 세상인지, 원!"

개구락지 염불하듯이 힘없이 박수를 치며 엄마는 오늘도 18번인
'한 많은 이 세상' 노래를 부르신다. 엄마는 이 노래를 부르면서 한 타
령을 하셨다. 내가 보기엔 엄마처럼 산 인생이 한두 명이 아닐 것 같
은데 엄마는 본인이 이 세상에서 최고로 한이 많이 쌓인 여자라고 여
기신다.

엄마의 한은 자유로운 성생활을 바탕으로 하는 연애결혼을 선호하
고 미국의 개성파 배우 제임스 딘을 열망하던 아버지가 거침없이 엄
마를 모욕했던 첫날밤부터 시작됐다. 홀아버지를 모시고 살던 아버지
는 되바라진 도시 처자보단 조신한 시골 처자와 부부의 연을 맺으라

는 명령에 순종하기 위해 엄마와 결혼하기로 마음을 정했다고 한다. 그리고 신식 결혼식의 대중화가 시작된 지 얼마 지나지 않은 1956년 음력 10월 18일, 아버지는 마음에도 들지 않는 구식 결혼식을 하셨다.

첫날밤에 피곤하고 지쳐서 아무 일도 없었어야 했는데, 아버지는 울분을 못 참고 족두리를 쓰고 얌전하게 윗목에 앉아 계신 엄마에게 술 주전자를 냅다 던지셨단다. 충청도 두메산골에서 태어나 스물세 살이 돼서야 극장에 가보았을 정도로 세상 물정 모르던 엄마였다. 그런 엄마에게 첫날밤에 날아온 술 주전자가 족두리를 타격하고 원삼 속에 술이 스며들면서 등줄기를 적셨으니 그 참담함은 엄청났을 것이다. 그리고 서러움과 함께 '이런 인간하고 왜 혼인식을 했나? 그리고 어떻게 살아야 하나?' 하는 후회와 앞으로의 삶에 대한 두려움이 일었다고 한다. 그리고 그 첫날밤의 좋지 않은 예감은 현실이 되었다.

담배는 피우셔도 술은 잘 못하는 엄마는 곗날이라고 모인 시장친목회 청중들 앞에서 한풀이 리사이틀을 하시곤 했다. 엄마 세대엔 유독 한이 많은 사람만 있는 듯 모든 청중이 고개를 끄덕이면서 음정 박자를 무시하고 부르는 노래에 코러스를 집어넣어 주셨다. 그런데 나는 그 노래를 부르는 엄마가 왜 그렇게 후져 보였을까? 아마 엄마가 순정을 담은 '동백 아가씨'를 불렀다면 난 매를 벌지 않았을지도 모른다.

"어엄마~ 난 엄마가 이렇게 벌건 대낮에 술 먹고 싸구려 노래를 부르는 건 용납 못 해!"

머리에 쇠똥도 마르지 않은 아이 입에서 용납이라는 단어가 가당

치도 않게 나왔다. 용납이라는 말은 봉헌소학교 2학년 중퇴의 엄마 단어장에서는 찾아볼 수 없는 말이었다. 하지만 벌건 대낮, 술, 싸구려라는 세 단어가 엽전을 무명실에 꿰차듯 엮이자 득달같이 내 머리채를 잡아채셨다. 술기운이 있던 엄마는 이종 격투기 선수처럼 나를 때렸다. 마치 차곡차곡 쌓인 한을 푸는 테라피 효과가 있는 것처럼 격렬했고 여러 구멍에서 나오는 두더지를 망치로 치는 오락게임처럼 거침없이 매질을 하셨다.

그날 해가 서산으로 넘어갈 때까지 흠씬 맞은 나는 아픔보다 오히려 시원함을 느꼈다. 뻘건 피멍이 든 등을 손으로 훑고 있는데, 몇 시간 전에 낮술을 마시고 노래하는 엄마를 용납할 수 없다는 말을 뱉은 내 입술 사이로 노래가 슬그머니 나왔다. 한으로 가득 찬 엄마의 인생은 거부할 수 없는 나 자신이었기 때문에……. 내 입술에서 나온 그 노래는 바로 엄마의 18번인 '한오백 년'이었다.

용납이라는 단어를 처음 쓴 대가로 얻은 멍이 영원한 상처로 새겨지는 것 같았다. 그래서 나는 엄마의 한을 기억하면서 한없는 세상에서 살기로 했다. 진정 원하고자 하는 것이 있으면 한참을 헤맨다 해도 그 길을 꼭 찾을 수 있다고 믿었다. 나는 내가 갈 곳이 어디인가를 정해야 했고 그다음엔 도중에 포기하지 않고 그 길을 걸어야 했다. 그것이 그때부터 내가 해야 할 일이었다.

✱ 삶의 해답은 가까이 있다

남들과 다른 생각을 품고 있다면 누구와 함께하지 못하는 외로움에 뼛속 깊은 곳이 시려 온다. 하지만 그게 내가 선택한 길이라면 외로움도 뜨거운 친구로 맞이해야만 하는 것 같다.

내가 중학교로 진학한 강남여중은 장승배기 언덕 위에 있었다. 3년 동안 언덕길을 올라다니면서 고등학교를 졸업하는 해인 만 열여덟 살에 독립을 하겠다고 마음을 굳혔다. 그러다 보니 난 구체적인 계획이 필요했다.

그때 영어를 배워야 한다는 막연한 생각이 들어 중학교 1학년에 올라가자마자 미국 여자아이와 펜팔을 하기 시작했다. 그 친구에게 받은 편지를 읽는 동안은 내가 미국의 어느 도시에 와 있는 것처럼 자유스러움을 느낄 수가 있어서 한 달에 한 번씩 편지를 주고받았다.

그리고 중학교 3학년 고등학교 원서를 쓸 시간이 왔을 때 난 나의 진로를 결정해야만 했다. 학우들에게 진로를 물어보니 다들 시집 잘 가기 위해 인문계 고등학교로 진학해서 대학에 갈 예정이라고 일관성 있는 대답을 해주었다. 나에겐 결혼은 필수가 아닌 선택이었기에 난 그들과 정반대의 길을 택하기로 마음을 굳혔다.

자식들 공부 잘하게 해달라고 치성을 드리는 대신 돈 벌게 해달라는 엄마였지만, 우리 집에는 항상 돈이 없었다. 떡집을 하셨던 부모님은 딸이 대학을 보내달라면 과부 딸라돈이라도 빌려서 뒷바라지를 어떻게든 해주시겠지만 난 독립을 하고 싶었다. 담배 연기가 자욱한 방에 교복을 걸어 놓았다가 그 다음 날 입고 학교에 가면 내 몸에선 골초 냄새가 났다. 그 담배 냄새는 항상 무겁게 내 영혼을 짓누르고 있었다. 주눅 든 영혼을 어떻게든 해방을 시키고 싶었기에 내가 선택한 것은 서초동에 있었던 경복여상이었다.

꽃피는 3월 고등학교 입학식을 마친 그날, 난 나 자신에게 벌써 대답이 나와 있는 솔직한 질문을 했고 다짐을 하였다.

'그래, 독립의 고지엔 3년 후에 도착한다. 그런데 이 교정을 떠날 때 너는 손에 무엇을 들고 나갈 것인가? 나 김영희는 이 교정을 떠날 때, 영어라는 차표 한 장을 들고 희망찬 미래라는 버스를 타고 나갈 것이다! 그래서 그 버스를 비행기로 갈아타고 007가방을 들고 세계를 주름잡는 사업가가 되겠다!'

빚잔치를 할 정도로 집안 경제 사정이 좋지 않아도 난 내 목표를 향해 가야 한다는 것을 알았다. 그런 메마른 갈증 속에서 오래된 영어책을 달달 외우면서 학원에 못 가는 것을 대신했다. 그러다 어느 날 우연히 변소에서 휴지 대신 쓰던 잡지 조각을 비비기 전에 읽게 되었다.

그 잡지엔 1920년대 어느 한 조선 여자가 비행기 조종사가 되어 하늘에 꿈을 크게 그렸던 기사가 실려 있었다. 기사에는 그녀가 영어로 된 비행 용어가 너무 어려워서 그때 만주에 나와 선교를 하던 미국 선교사들 집에서 몇 달 동안 식모 노릇을 하면서 영어를 배워, 발음도 교정하고 남들보다 영어를 빨리 습득했다는 내용이 있었다. 나에겐 그 조선 여자의 이름도, 언제 그녀가 파일럿이 되었다는 내용도 눈에 들어오지 않았고 오로지 본토 영어를 어떻게 배웠다는 것에 집중이 되었다.

그때 삶의 해답은 내 주변에 있다는 것을 깨달았다. 그 해답은 경복여상과 이웃사촌하고 있는 삼풍 외국인 주택이었다. 그곳은 미군 장교들이 가족들과 함께 거주하는 도시 안의 외국인 소도시 같은 곳으로 교회와 슈퍼마켓, 식당 등이 모두 갖춰져 있었다.

그래서 어느 날 방과 후 그곳에 갔지만 그곳을 지키고 있었던 경비 아저씨는 나를 안에 들어가지 못하게 하셨다. 깊이 실망을 한 채 서초동 뉴욕제과까지 걸어가는 내 머릿속에는 언젠가 들었던 쿵후 배우 이소룡의 이야기가 섬광처럼 지나갔다.

미국 샌프란시스코에서 태어난 그 남자는 영화에 입문하고 싶었지만 할리우드는 중국계 미국인인 이소룡에게 내가 들어가려고 했던 높은 담으로 쳐진 외국인 주택처럼 저지를 했다고 한다. 그래서 이소룡은 앞문이 닫혀 있으면 뒷문으로 들어가자는 생각에 홍콩에서 데뷔를 해 몇 년 후 레드 카펫이 호사스럽게 깔린 할리우드의 앞문을 당당하게 들어갈 수 있었다. 그래서 나도 뒷문을 찾기 시작했다.

내가 미국인들에게 직접 살아 있는 영어회화를 배우려고 찾은 뒷문은, 포화 상태인 외국인 주택단지에 입주를 하지 못해 그 주위에 사는 미군 가정들이었다. 매일 경복여상 앞에서 통학버스를 기다리는 외국인 학생들을 유심히 관찰한 결과, 그들이 내가 다니는 학교 옆 삼익 아파트에 산다는 것을 알게 됐고 무작정 삼익 아파트 경비 아저씨를 찾아가 그들이 사는 아파트 호수를 물었다.

그리고 어느 날 깔끔하게 교복을 빨아 입고 용기 있게 그들의 초인종을 눌렀다. 그리고 말했다.

"난 돈이 없다, 하지만 영어를 가르쳐 주면 레슨비를 가정일을 도와주는 것으로 내겠다."

매도 하도 맞다 보면 맷집이 생기듯이 나 또한 그들의 '노'가 아무런 감각 없이 받아들여지기 시작했다. 그런데 지성이면 감천이라고 그랬나? 아이들이 여덟 명이나 되는 스미스 아저씨 댁에서 '오케이'를 했다. 아줌마가 한국 여자라서 그런지 아님 학생의 용기가 가상해서인지 난 그날부터 네 살인 막내아들 앤드류, 엘비스 프레슬리를 빼닮은 사진작가 지망생 열일곱 살 데니스, 그의 형 열여덟 살 탐, 나와 동갑인 말린, 미스 아메리카 못지않은 미모를 가진 크리스, 그리고 캐씨를 영어 선생님으로 맞이했다.

그들의 집은 더 이상 아무것도 요구할 필요가 없는 완벽한 영어 학원이었다. 온 가족이 몽땅 다 내 영어 강사인 스미스 영어 학원에서 나는 학교에서 배우는 영어를 복습하는 대신 영어회화를 연습했다.

"영희! 오늘 하루는 어땠니?"

"아주 좋았어요!"

"그런데 너의 하루는 어떻게 매일매일 좋을 수가 있니?"

"하하하, 정말 그렇네요! 매일매일 좋을 수 있는 것은 제가 알고 있는 단어가 좋다는 단어밖에 없어서 그래요!"

"그렇다면 좋다는 것은 빼고, 그저 그래! 완전 최악이야! 오늘은 별로지만 내일은 좋아질 거야, 이런 것을 가르쳐 줄게."

하고 나에게 상황에 따라 회화하는 법을 가르쳐 주었다.

가끔씩 네 살 먹은 앤드류는 개구쟁이 장난기가 발동했는지, 이렇게 묻곤 했다.

"영희, 너는 바보니?"

"바보? 그게 뭔데?"

하고 물어보면 더 이상 앤드류는 장난기 있는 질문을 하지 않았다.

그때 앤드류가 하던 짓궂은 질문에 엉뚱한 대답을 하는 법을 배워 캐나다에서 고등학교 과정을 할 때, 백인 학생들이 "헤이, 칭크(Chinks, 중국계를 놀리는 말)"하고 인종 차별적인 말을 하면 혈압이 올라 싸움닭으로 변하는 대신 완전히 무시하고 "하이"하고 대답을 했다. 그렇게 몇 번 동문서답하는 식으로 상대를 해주었더니 더 이상 놀리는 게 재미가 없어 그런지 다시는 놀리지 않았다.

스미스 아저씨는 영어 강습이 지연되어 저녁 먹을 시간이 되면 미군의 박봉으로 아홉 식구를 먹이기도 벅찰 텐데 밥을 먹고 가라고 나의 손을 부드럽게 이끌어 푸짐한 저녁상에 앉혀줬다. 감사기도로 시작하는 미국판 흥부네 가정의 따스한 저녁 식사와 코끝을 스치는 은은한 라벤더 향기는 퀴퀴한 연탄가스 냄새에 길들어져 있던 나의 뻣뻣한 신경줄을 느슨하게 풀어 주었다.

난 그들이 아무런 조건 없이 베푸는 친절을 보면서 언젠가 내가 그들처럼 되었을 때 나 또한 도움이 필요한 사람들에게 아무런 대가 없이 따스한 손을 내밀겠다고 다짐을 했다.

올해도 어김없이 꽃샘추위가 극성을 부리는 토론토에서 그들을 처음 만났던 서초동 구석을 마음으로나마 한달음에 달려간다. 그들의 조건 없는 사랑이 나의 가슴속을 항상 훈훈하게 지펴주는 모닥불로 남아 있기에 나도 그 불씨를 누군가에게 아무런 대가 없이 주고 싶다.

✸ 노랑머리 천사

누구에게나 수호천사는 있다고 본다. 다만 마음속에 두껍게 쌓인 불만의 두께로 인해 사랑과 관심의 온기가 심장에 와 닿지 못한다고 생각한다. 그래서 우리는 항상 절망 속에서도 희망의 노래를 불러야만 한다.

영어에 미쳐 지냈던 고등학교 시절 난 왕따였다. 친구들도 다섯 손가락 안에 들어갈 정도로 아주 소수의 친구들하고만 친하게 지냈다. 내가 왕따임을 알았을 때는 20여 년이 지난 후 고등학교 동창들과 다시 만난 자리에서였다. 그때 고1 같은 반이었던 애니메이션 회사 대표인 친구 승연이가 말해줘서 알았다.

"영희야, 너 그거 아니?"

"뭘?"

"우리가 너를 정말 싫어했다. 너 완전 왕따였어."

"하하하!"

왕따가 왕따를 극복할 수 있는 것은 아마 열정을 쏟을 수 있는 또 다른 친구를 갖는 게 아닌가 싶다. 그때 내가 열정을 갖고 사귄 친구는 영어회화였다. 나는 학교에서 상업영어 시간에 가르쳐 주는 회화 중심의 모든 문장을 줄줄 외우고 다녔다. 노상 혼자서 중얼중얼거렸던 나의 모습이 학우들에겐 정신질환자처럼 보였을 수도 있었을 것 같다. 하지만 그 중얼거림이 나에겐 희망의 노래였기에 더욱더 열심히 불렀다.

최고의 영어 선생님으로 구성된 스미스 학원에서 영어회화 연습을 매일 하다 보니 난 눈에 뵈는 게 없이 용감해졌다. 그리고 노랑머리, 파란 눈을 가진 사람들을 보면 그들과 대화를 나누고 싶었다. 그래서 학교 앞 정거장에서 하교 버스를 타는 대신 거꾸로 그 앞 정거장인 삼풍 외국인 주택 정거장으로 걸어가곤 했다.

어느 날, 삼풍 외국인 주택과 미8군 영내를 운행하는 셔틀버스를 놓친 미국 여성이 버스에 탔을 때 나는 용기 있게 대화를 시도했다.

"안녕하세요!"

"실례가 되지 않는다면 당신과 얘기를 하고 싶습니다."

"괜찮나요?"

나의 영어회화 실력이 굼벵이 기어가듯 더듬거리는 수준을 지나 민물 뱀장어처럼 매끄러워져서 그런지, 어느 날 버스에서 만난 육 척쯤 되는 여자와의 대화는 그녀의 키처럼 길쭉하게 이어졌다.

"어디 사십니까? 전화번호를 줄 수 있나요?"

샌디에이고 주립대학을 다니다 공군 장교인 이모 내외가 근무하는 한국을 봄방학을 이용해 방문 중인 수잔 언니. 그녀와의 만남은 짧았지만 우리는 꿈과 희망을 나눌 수 있는 동생과 언니가 되었다.

그 후 그녀는 미국에 돌아가서도 세계를 주름잡는 비즈니스 우먼이 되고 싶다는 나의 장래를 위하여 신경을 써주었다. 샌디에이고 주립대학에 입학원서를 한번 넣어 보라고 원서를 보내 주지를 않나, 집안 환경이 유학은 꿈도 못 꾸는 것을 알고 한국에 근무 중인 그녀의 이모 내외 인맥을 동원해서 내게 기회를 만들어 주려고 하질 않나……. 그녀의 결혼식에 참석했던 미8군 인력 담당 한국인을 샌디에이고 공항까지 환송하면서 한국에 돌아가면 한국인 동생 영희가 꼭 꿈을 이루게 미8군에서 일하게 해달라고 부탁도 했다. 그녀가 세심하게 신경을 써준 것을 어느 날 한국 분에게 연락을 받아 이태원에 있는 크라운 호텔에 갔었을 때 알았다.

아무런 대가 없이 베푼 그녀의 사랑과 배려를 받은 나는 사랑의 빚을 진 자다. 나 또한 그녀처럼 누군가에게 수호천사가 되어 빚을 갚아야 할 것 같다.

❀ 역발상으로 영어 배우기

나는 무척이나 맹랑하게 혹은 남들과 다르게 살아온 것 같다. 남들이 앞으로 갈 때 생뚱맞게 뒤로 되돌아갈 때가 많았다. 그런데 거꾸로 걷다 보면 앞으로 갔던 사람들이 그냥 스치고 지나쳤던 기회를 잡을 때가 있다.

영어에 미쳐 노상 중얼중얼 영어 문장을 외우고 다니다 보니, 사람들이 많은 곳은 피해 다녔다. 방과 후 학교 앞에서 학우들과 함께 줄을 서서 버스를 타다 보면 아귀 귀신처럼 서로 밀치고 버스에 올라타야 하는데 나는 그것이 싫었다. 그래서 항상 한 정거장 뒤로 거꾸로 걸어 올라가 느긋하게 버스를 타고 의자에 앉아 갔다. 다음 정거장에 학우들이 버스에 올라타서 한적하게 앉아 있는 나를 발견하고 "영희야, 넌 언제 탔니? 넌 정말 잽싸다! 쪼그매서 빨리 탔나?"하고 내가 한 정거장에 전에 버스를 탄 것도 모르면서 놀리곤 했다.

한 정거장 뒤로 가서 버스를 타는 역발상은 내가 청소년기에 생각하고 실행한 최초의 사건이었다. 그 사건으로 인해 나는 한 정거장 뒤에 있는 외국인 주택 앞에서 많은 미국인을 사귈 수가 있었다. 먼지가 풀풀 날리는 정거장에서 버스를 기다리는 미국인들과 이야기를 나눈 것이다.

"너 이름은 뭐니?"

"서울에 오기 전에 어디서 살았니?"

하고 수다를 떨면서 무료한 시간을 유용한 시간으로 만들었다.

같은 또래의 십 대들과 이야기를 나눌 때면 열린 마음으로 질문을 주고받아 친구가 된 적도 있었다. 그렇게 사귄 친구 중에 아버지가 군목이신 아이가 있었다. 아버지가 목사님이다 보니 친구는 주일마다 유치부 주일학교 선생을 하고 있었다. 어느 날 친구가 "영희! 너 영어도 더 많이 연습할 겸 미군 교회에 나와 유치부 교사 보조를 해주지 않겠니?"하고 물어 왔다. 그때 나는 미션 스쿨을 다니고 있었지만 기독교에 대해서는 전혀 알지 못했다. 하지만 이 기회를 놓치고 싶지 않았다. 그래서 "예스"라고 제안을 받아들였다.

그때부터 나는 아이들과 주일날 아침을 보내고 나서 친구네 집에 가 점심을 먹은 다음 늦은 오후에 집에 왔다. 그러다 보니 많은 미국 친구와 폭넓은 네트워크를 가질 수가 있었다. 스미스 아저씨 가족과 매스크 목사님댁, 그리고 그들의 이웃들이 모두 내 선생님이 되어 주었다. 개교기념일이나 국경일이라서 학교에 안 갈 때는 친구들이 다니는 용산 미8군 내 고등학교에 참관 수업을 가기도 했다. 그때마다 '미국식 교육은 이렇게 하는구나'하고 수박 겉핥기식이지만 조금씩 느낄 수 있었다. 또한 친구 어머니가 음식을 준비할 때 도와드리다 보니 조금씩 미국 음식 문화와 함께 테이블 매너도 배울 수가 있었다. 짧다면 짧은 1년 동안 그 친구들과 함께하며 나는 다양한 문화와 언어를 가진 글로벌촌 사람들과 더불어 살아가는 법을 배웠다.

그리고 혼자서 공부하는 것도 게을리하지 않았다. 영어를 어떻게 배워야만 효과적이라는 특별 비법은 없다. 사람 얼굴이 모두 다른 모습인 것처럼 지식을 습득하는 법도 각양각색인 것 같다. 나는 문법과 단어를 하나하나 개별적으로 외우는 대신 영어회화 문장을 외우면서 그 안에 들어가 있는 단어와 문장 구성을 이해했다. 그리고 영어로 대화하는 것을 즐기는 편이라 무조건 수다를 떨면서 회화를 하는 쪽을 택했다. 회화 위주로 공부를 하다 보니 문법은 잘 몰랐지만 단어를 적절하게 쓰는 법은 확실히 알게 되었다.

학습 능력이 현저히 떨어지는 함량 미달자였던 나는 영어 초보 딱지를 떼는 방법을 어느 누구보다도 잘 알고 있었다. 끊임없이 영어에 관심만 갖고 있다면 최고의 학생이 될 수 있다고 믿었다. 그리고 실전에 투여되자마자 바로 전투를 할 수 있는 특수 부대원처럼 영어회화를 잘하고 싶었다. 나는 귀로 듣는 청각적인 학습만으로는 잘할 수 없을 것 같아 영어를 무조건 외웠다. 당시 《잉글리쉬 900》이라는 책을 주야장천 달달 외우고 다녔다. 그리고 영어 단어의 공통점을 찾아 접두어와 접미어를 적절히 쓰는 법을 알아 단어 실력을 높였다. 예를 들어 접두어로 re-가 들어 있을 땐 '다시'라는 뜻을 가지고 있어 모든 동사 단어를 사용해서 rebirth/reborn(재탄생), rebuilt(재건축), retry(재시도), remake(재생산), recycle(재활용) 등, 이런 식으로 이해하는 편이 단어를 외우는 것보다 나에겐 더 쉬웠다.

그렇게 나는 듣고 말하고 쓰고 부딪히며 온몸으로 영어를 배웠다. 영어는 내가 꿈으로 가는 커다란 통로였기 때문이었다.

✳ 콤플렉스도 경쟁력이다

유식한 말로 '인생은 새옹지마'라고 한다. 그렇기 때문에 원하는 것을 그때 그 순간 얻지 못했다고 주눅이 들 필요는 없는 것 같다. 그저 더 큰 그릇에 더 좋은 것을 담기 위해 잠시 더 기다린다고 생각하면 그전의 불행이 어느 순간 행운으로 다가온다는 것을 수차례 체험했기에 나는 확신한다.

고등학교 3년 동안 남들보다 더 실질적인 영어를 터득했고 모든 자격증을 땄다. 하지만 신장 158cm 이상이라는, 헌법에도 위반되는 고용 조건 때문에 3학년 2학기가 끝나가도록 나는 취직이 되지 않았다. 나는 그때 선천적인 왜소증만 탓하고 있었다. 키 큰 급우들이 썰물처럼 취업을 나간 썰렁한 교실을 몇 명의 쭉정이만 남아 지켜야 했다. 하지만 그 와중에도 내 삶이 의미 있다는 것을 느낀 순간들도 있었다.

고등학교 3학년 때 나에게 1년 동안 영어회화를 개인레슨 받은 명숙이가 대기업 입사 시험에 당당하게 합격했다. 그것도 국내 유수의 대학에서 영문학을 전공한 언니들을 제치고 1등으로 말이다. 부러움도 있었지만 나를 통해 남이 잘될 때 더욱더 내 삶의 가치가 더해지는 것을 느낄 수가 있었다. 하지만 작은 키 때문에 졸업을 할 때까지 취업이 안 된 그때를 되돌아보면 정말 인생이 불공평하다고 지금도 느끼게 된다. 그래도 그 경험이 없었다면 내 사전에 오기와 깡이라는 단어를 찾아볼 수 없을 것 같다. 그리고 그때 맛본 소태보다 더 쓴 좌절과 절망은 나에게 또 하나의 명언을 만들게 한 것 같다.

"콤플렉스도 경쟁력이다!"

어느 날 명숙이는 자기가 근무하는 회사의 국제 사업부에서 여사원을 구하니 한번 응시해 보라고 했다.

"영희야, 네가 내 영어 사부 아니니. 우리 회사 국제 사업부에서 사원을 한 명 뽑는데 너라면 충분히 할 수 있을 거야."

그래서 난 그 회사에 원서를 내고 1차와 2차를 영어로 인터뷰를 하면서 3차까지 갔다. 마치 미스 코리아 대회에서 준결승까지 가는 느낌이었다. 훗날 여러 나라에 해외 출장을 갔을 때 하다못해 길을 잘못 들어 이름 없는 촌으로 들어갔을 때조차도 그 기업의 로고가 큼지막하게 걸려 있는 걸 보면, 역시 그 회사는 잘난 사람들이 운영하는 회사가 틀림없다는 걸 알 수 있다. 그리고 그 회사가 대한민국을 대표하며 다섯 손가락 안에 들어가는 그룹이 될 수 있었던 건 아마 30여 년 전에 벌써 지금은 대중화가 된 TOEIC 같은 시험을 도입할 정도로 앞서 갔기 때문이 아닐까 하는 생각도 종종 해본다.

2차 인터뷰가 끝나고 집으로 돌아오자마자 그 다음 날 3차 인터뷰를 보러 오라는 연락을 받았다. 다음 날 간 3차 인터뷰는 어제와는 달랐다. 명절 때 떡쌀을 빻기 위해 떡방앗간 앞에 길게 선 줄처럼 많던 경쟁자들이 여름 안개처럼 걷히고, 단출하게 다섯 명만 초조하게 기다리고 있었다.

지금 와서 그때를 되돌아보면 내 영어실력이 뛰어났던 게 아니라 영어를 나처럼 회화 위주로 한 사람이 많지 않았던 탓이라는 생각이 든다. 또한 영어 발음을 원어민에게 배웠기에 버터를 듬뿍 친 발음이 남들보다 우수하게 들렸던 것 같다. 요즘 말로 차별화가 되어 있었던 것이다.

면접장 분위기는 어째 전날보다 더 무거웠다. 졸랑대면서 영어로 대답해야 하는 줄 알고 영어로 말하려고 하자, 몸무게가 꽤 나갈 것 같은 아저씨가 한국말로 해도 된다고 했다. 그러면서 질문을 하기 시작했다. 요즘 말로 소프트 스킬 테스트였다.

"김영희 씨, 부모님은 김영희 씨가 교사가 되기를 원한다고 생활기록부에 적혀 있는데, 어떻게 여상을 가서 여기까지 왔나요?"

"학교 성적은 1학년 때는 제법 우수했는데 2, 3학년 때는 좀 부진했네요."

난 조금 수줍게 내숭을 떨면서 멋지게 포장을 해 말하는 법을 몰랐으므로 그분의 질문에 미련하고 우악스럽게 대답했다.

"네! 영어 배우는데 정신을 팔려서 성적이 떨어졌습니다! 제 인생은 제가 살아가야 하는 거지, 부모님께서 살아주는 것이 아니지 않습니까?"

라고 말했다.

그때 한참 유행했던 '내 인생은 나의 것'이라는 유행가를 너무 들어세뇌 교육이 됐는지 나의 대답은 거침없이 나왔다. 허무맹랑한 나의 대답에 괘씸한 생각이 들었는지, 그분은 배구 선수들이 상대편 네트 너머로 스파이크를 힘껏 꽂듯이 아주 차갑게 충고를 하셨다.

"김영희 씨! 우리 사회는 아직까진 김영희 씨 같이 개성이 강한 사람보다 말 잘 듣는 사람을 원하는 사회입니다."

그 충고는 고장 난 축음기처럼 내가 서울역을 지나 남영동, 그리고 동부 이천동을 터벅터벅 걸어 제1한강교를 건너면서 감자 주먹을 하늘에다 날릴 때까지 내 뇌리 속을 울렸다.

'그래! 나도 이런 데서 이 더러운 세상에서 살지 않을 거야! 비록 말 가죽처럼 억세긴 하지만 기발하고 창조적인 생각을 가진 나를 잃는다는 것은 내 손실이 아니라 너그들의 커다란 손실임을 언젠가 내가 증명해 보일 거야!' 이렇게 뇌까리며 이를 갈았다. 시커멓다 못해 새까맣게 속이 타서 그날 울부짖으며 발악을 한 것이 얼마 안 되어 미련 없이 캐나다로 떠나게 만든 도화선이 되었다. 고등학교 때부터 펜팔을 하던 캐나다 친구의 청혼을 받고 일본 항공기에 몸을 실은 것이다. 비빌 언덕 하나 없는 음산한 밴쿠버로 맨손으로 땅을 일구겠다는 개척자 정신 하나만 갖고 떠났다.

만약 내가 그때 나긋나긋한 예스 우먼이 되어 그 회사의 국제 사업부에서 '어이 미스 김, 커피 한잔 타오지' 그러면 '네에!' 하면서 근무를 했다면 그냥 그렇고 그런 남편을 만나 아파트 평수 늘리는데 혈안이 되어 있거나, 자식들 명문대 보내고자 돌풍 같은 치맛바람을 일으키는데 일가견을 가진 대한민국의 아줌마가 되어 있지 않았을까 하는 생각이 든다. 아니면 치사한 조직 생활을 때려치우고 노량진역 앞에서 떡볶이 장사를 하는 CEO가 되어 독신으로 살아가지 않았을까?

그때 고맙게 충고를 해주신 그분에게 정말 감사를 드리고 싶다. 설삶고 덜된 내가 대한민국을 박차고 나가 누구에게도 지지 않을 자신감으로 세계인의 길을 개척하게끔 격려를 해주었기 때문에!

혹 이 순간에 어제의 김영희처럼 외모 때문에 또는 독특하고 개성 있는 성격 때문에 사회에서 내쳐진 느낌이 드는 이들에게 이 말을 꼭 해주고 싶다!

걱정하지 마라! 오늘 그대들의 심장 깊은 곳을 콕콕 쑤시는 아픔은 더 넓은 삶을 만들어가게 하는 원동력이다! 그대들은 새로운 도전에 대한 현실 감각이 남들보다 뛰어난 탓이니 떨치고 일어나 새로운 삶을 열심히 일궈나가면 된다!

2부

❀

캐
나
다

아
리
랑

청소부, 웨이트리스, 이발사 보조, 가게 점원 등 닥치는 대로 일하며
꿈을 키워나갔다.
반짝이는 희망이 있었기 때문에 하나도 힘들지 않았다.
나는 열정과 꿈이라는 양날의 칼자루를 잡고 바람 부는 언덕에서
앞만 바라보고 달려야 했다.

✹ 인생이라는 도박에 기꺼이 배팅

1995년에 라스베이거스를 아버지와 여행하면서, 난 휘황찬란한 그곳의 불빛 속에서 많은 사람이 루비와 다이아몬드 같은 꿈을 꾸는 것을 보았다. 누가 감히 인생이 도박이 아니라고 할 수 있을까? 난 거침없이 꿈을 향해 가는 거라면 도박을 하는데 주저하지 않겠다. 왜냐하면 난 그 도박판에서 포기하지 않는 불굴의 정신과 끈기로 나에게 최고로 유리한 배팅을 할 자신이 있기 때문이다.

고등학교 3년 동안 영어 쓰기 연습을 하기 위해 펜팔을 하던 캐나다 남자가 어느 날 내가 보낸 사진 한 장을 받고 느닷없이 찾아와 청혼을 했을 때, 나 김영희는 꿈을 밝혀주는 등대 불빛을 찾기 위해 그 남자를 따라 1984년 1월 14일 인생 도박사가 되어 캐나다에 왔다. 만 열아홉 살이었던 나는 조금도 망설이지 않았다. 그리고 캐나다라는 카지노에서 단 한 개의 블루칩을 쥐고 예나 지금이나 여전히 을씨년스러운 밴쿠버 공항의 안개 자욱한 공기를 힘껏 호흡했다.

"야! 나, 이 세상에서 잃을 게 없는 김영희가 잃었던 것들을 찾기 위해 예 왔노라!"

난 대한민국에서 내 인생을 뿌리내리고 싶었지만, 말뚝을 박을 만한 곳을 찾지 못했다. 그래서 밴쿠버 공항에 내리자마자 떡하니 앞을 가로막는 건너편 그로스 산과 위슬러의 스키 슬롭을 건방기 가득한 눈을 치켜뜨고 바라봤다. 작은 다짐이 가슴을 치밀고 오르며 번져 왔다. 이곳에서도 역시 내 삶이 묵사발이 된다고 해도 난 자신감을 갖고 살아내야만 했다.

막힘없는 99번 고속도로를 신나게 달려 도착한 그곳은 대지 칠천 평을 깔고 앉아 있는 대저택이었다. 창문에 드리워진 와인 색 커튼이 내숭 떠는 새색시처럼 수줍게 인사를 했다. '저 푸른 초원 위에 그림 같은 집을 짓고' 노래가 술술 나올 정도로 멋진 성이라서 나는 눈앞에 펼쳐진 현실을 믿지 못할 정도로 흥분이 되었다.

불과 몇 달 후에 신발도 제대로 못 신고 도망처 나오는 운명의 날이 나를 비웃으며 기다리고 있었지만 어쨌든 그 순간만은 세상을 다 거머쥔 것 같았다. 보잘것없는 19년을 살아오면서 처음으로 대저택이라는 것을 콧김이 느껴지는 거리 앞에서 두 눈으로 봤기 때문이다.

하지만 눈으로 볼 수 있고 손으로 만질 수 있는 삶의 허구는 누가 입안에 쏘옥 넣어준 눈깔사탕 같았다. 잠시 달콤함에 취하게 해줄 수는 있지만, 곧 긴 공허함이 찾아오게 되리라는 것을 아는 데는 그리 긴 시간이 걸리지 않았다.

그때 나는 약혼자 초청 비자로 캐나다에 들어왔다. 캐나다인 시민권자나 영주권자가 약혼자로 초청을 하면 캐나다 이민부는 조건부 영주권을 내줬다. 그 조건 이행 사항은 캐나다 도착 후 정해진 기일 안에 결혼을 해야 한다는 것이었다.

나는 도착 후 몇 주 만에 조촐하게 지인들을 초대해서 결혼식을 올렸다. 그리고 누구보다 열심히 살아보려고 마음먹었다. 하지만 열심히 일한 부모 덕으로 안일하게 많은 혜택을 누리면서 살아온 그 순진한 캐나다 청년과는 나의 꿈을 공유할 수 없다는 것을 느끼는데 그리 많은 시간이 필요하지 않았다.

그러기에 난 내 나이 만 스무 살이 되기도 전에 남들이 부러워하는 신데렐라 드레스를 얌전하게 벗어주고 무수리의 찢어진 옷으로 갈아입은 다음 세상의 질타가 장대비처럼 내리는 곳으로 떠나야만 했다.

나는 온 세상 사람들에게 착한 캐나다 총각을 이용하고 상처를 준 나쁜 년으로 그려졌다. 나를 욕하는 그 사람들의 입을 다물게 하는 것은 시끄럽게 맞서는 게 아니라 조용히 그들의 판단이 잘못됐다는 것을 훗날 보여주면 되는 것이기에 침묵하며 눈물만 훔쳤다.

그 시절에 나의 두 눈을 타고 흘러 입가로 스며들었던 눈물의 맛은 쓰디썼다. 하지만 그때 짜고 떫은 뜨거운 눈물을 흘려 봤기에 훗날 진정으로 행복한 웃음을 터트릴 수 있는 엄청난 양의 재생 연료 탱크를 채웠다고 믿는다.

✱ 발에 맞지 않는 신발

내 인생을 대신해 줄 것은 이 세상에 아무것도 없었다. 그저 심장의 밑바닥에서부터 들려오는 북소리에 귀를 기울이면서 나의 모든 것을 그 북소리에 올인할 수밖에 없었다.

"어머머 쟤 어떻게 저럴 수 있니? 보통 되바라진 게 아니네!"

"쟨 완전 유학 온 아이 같아. 오자마자 그 남자가 공부시켜주고 너무나 행운아야."

나는 내가 선택한 캐나다가 제2의 고향이 되길 바랐다. 캐나다에서 뿌리를 내리고 싶었고 그래서 캐나다 교육을 받기를 원했다. 한국에서 고등학교 과정을 모두 마쳤지만 캐나다 대학에선 한국 고등학교 과정을 인정해주지 않았다. 그리고 한국에서 배운 영어 실력으로는 대학 진학은 꿈도 꿀 수가 없었다. 그래서 나는 다시 고등학교 과정을 밟아야 했다. 학교에 다니며 약혼자와 함께 지내니 사람들은 내가 아무 걱정 없이 호강하는 줄 알고 나를 보며 수군거렸다.

커다란 대지 위에 그림 같은 집에 살고 있는 약혼자의 가족은 작은 가게를 운영하고 있었다. 세계 3대 미항이라는 밴쿠버에는 여름마다 알래스카로 크루즈 여행을 떠나기 위해 들뜬 마음으로 전 세계 사람들이 모인다. 그때 그 여행객들이 승선하기 전에 항구에서 먹을 것을 사는데 약혼자 가족은 여행객들에게 샌드위치를 팔았다. 그래서 나는 방과 후에 다음 날 팔아야 할 수백 개의 달걀, 참치, 채소 샌드위치를 밤새 만들어야만 했다.

한 치의 여유도 없이 돌아가는 나의 일과를 아는 사람은 아무도 없었다. 다만 겉모양새만 본 사람들이 나를 횡재한 여자로 여길 뿐이었다. 죽으면 썩을 육신이기에 허리가 휘도록 일을 하는 것은 아무렇지도 않았다. 하지만 약혼자가 폐부 속까지 깊이 들이마시고 내뿜는 대마초 연기와 함께 내 작은 꿈도 돌아오지 못하는 곳으로 연소가 되어 가는 듯했다.

풍요 속에서 더욱더 초라해지던 삶이 한 달, 두 달이 지나자 현실 속에 담고 싶었던 꿈은 민들레 홀씨처럼 가볍게 멀리 흩어져 날아가 버렸다. 어제는 하루 치의 꿈이 손가락 사이로 미끄러져 갔지만, 오늘은 어제의 두 배 이상이 사라져갔다. 나는 내 꿈을 되찾고 싶었다.

그래서 1984년 7월 어느 날, 구석에 박혀 있던 이민 가방에 옷가지를 넣고 남들이 부러워하는 그 멋진 성을 떠나 밴쿠버 외곽 도시인 써리Surrey, BC에 아비가 각각 다른 네 명의 아이들을 데리고 살고 있는 미혼모 집에 작은 방을 얻어 나갔다. 말이 방을 얻어 나간 거지 필사의 탈출이었다.

7월의 작열하는 태양 빛마저 진눈깨비가 되어 여리고 작은 나의 마음을 얼게 하는 것 같았다. 세상 사람들이 흔히 말하는 사랑과 포용이라는 단어는 아예 멸종된 것 같았다. 하지만 어떻게 살아야 할지 대책도 없이 뿌연 안개 같은 미래를 향해 무작정 내딛는 발걸음이 어쩐지 가벼웠다.

"얘, 쟤는 어떻게 그렇게 사람을 이용할 수 있니?"

"그 남자는 헛물만 켰지. 안 그래?"

"약혼자로 초청해 데려와서 결혼하자마자 여자는 자기 인생 이대로 썩히기는 아깝다고 미련 없이 떠나 버렸네."

수없이 많은 이들의 혀끝으로 쏟아내는 정의로운 말들이 무거운 콘크리트 덩어리가 되어 내 정신을 잘게 부서뜨려 놓았다. 사람들의 손가락질에 부서진 몸과 마음은 쓰레기 처리장 한구석에 처박혀 버린 것 같았다. 그 누구도 내 삶을 가까이서 들여다보지 않았으면서 너무나 쉽게 이야기했다.

진실을 진실로 받아들이지 않는 사람들에게는 큰 소리로 변명을 해도 들어줄 리 만무했다. 나는 내가 할 수 있는 유일한 일을 했다. 그것은 침묵을 하는 것이었다. 내가 무슨 말을 해도 세상 사람이 믿지 않고 나쁜 년이라 생각한다면 시간만이 해결을 해주리라고 믿었다. 발가락을 꽉 조이고 뒤꿈치가 홀랑 까지는 신발을 신은 고통을 그들이 알 수나 있었을까! 복사꽃처럼 화사해야 할 열아홉 살 인생이 오징어 먹물 주머니가 터진 것처럼 온통 시커멓게 미래를 알 수 없는 흙탕

물로 더럽혀졌다. 하지만 내가 선택해서 여기까지 왔으니 모든 책임이 나에게 있었다. 그래서 뼛속을 갈아내는 듯한 아픔을 혼자 삼키며 큰 소리로 외쳤다.

"야! 김영희! 그깟 소리에 짓눌려 숨 한번 크게 쉬지 못할 거 없어! 더 활기차게 살아! 넌 할 수 있어! 넌 언젠가는 분명히 행복해질 거야! 지금의 이 매몰차고 사나운 바람이 언젠가는 마음을 따뜻하게 덥혀줄 훈풍의 전조였다고 분명히 여기게 될 거야!"

그렇다! 산성비처럼 내 영혼을 산화시켰던 그 많은 순간을 버텨낸 나는 지금 삶에 만족하며 승전가를 부르고 있다. 수치와 모멸의 조각으로 지어진 조각 이불 같은 나의 삶이 지금 비바람 속에 서 있는 사람들에게 귀마개가 되고 시린 등허리를 덮어 주는 포근한 담요가 되면 좋겠다.

✸ 환영받지 못한 환향녀

지금까지 살아오면서 나 자신이 정말 별 볼 일 없는 인간이라고 느꼈을 때는 '포기'라는 단어와 어깨동무하던 순간이었다. 세상에서 가장 값싼, 간편하고 편안한 결정이 바로 '포기'이기 때문이다.

신데렐라의 드레스를 미련 없이 벗어버리고 마법의 성을 떠나 초라한 무수리의 옷을 입었지만, 쓰레기 처리장에서 산성비로 내 영혼이 삭게 할 수는 없었다. 한국을 떠날 때 부모님께서 주신 캐나다 돈 팔백 불로 영어 학교에 등록을 하고 하숙비 두 달 치를 내고 학교에 타고 다닐 자전거를 하나 샀다. 낙동강 오리알 같은 신세가 되었지만 수중에 남아 있는 육십 불을 갖고 중학교 3학년 때부터 그토록 원했던 독립생활을 시작했다. 상상했던 독립생활과는 거리가 멀었지만 그래도 독립은 독립이었다.

하나님은 인간을 참 이상하게 만들어 놓으셨다. 삶이 다급할수록 획기적이고 비상한 아이디어와 강인한 생존력을 뿜어낼 수 있도록 우리에게 '파워코드'를 입력해 놓으셨다.

한국의 부모님은 '경제'에 관한 한 회생불능의 밑바닥을 허우적거리고 있는 형편이라 도움을 요청할 수 없었다. 그리고 내가 결정해서 혈혈단신 캐나다로 왔기 때문에 징징거릴 수도 없어 학교에 다니면서 할 수 있는 일거리를 찾아야만 했다.

남이 주는 밥은 아무리 먹어도 허기가 지는 법이라서 몸무게 38킬로그램의 비쩍 마른 모습과는 달리, 나는 청과물 시장에서 나오는 엄청난 쓰레기를 모두 쓸어 담아 어디론가 가는 덤프트럭처럼 배탈 나는 것만 빼고는 모든 것을 먹을 수 있을 만큼 항상 배가 고팠다. 그래서 영어 학교에 다니면서 파트타임으로 일을 할 수 있고 손님들이 먹다 남긴 음식도 마음껏 먹을 수 있는 식당 일을 찾았다. 그리고 고향 까마귀만 봐도 반가울 거라는 마음에 한국 식당에서 첫 번째 직업인 웨이트리스로 캐나다에서 홀로서기를 시작했다.

아침 7시 30분부터 영어 학교에 가서 공부를 한 후 오후 3시 10분에 학교가 파하면 바로 버스를 타고 식당에 가서 오후 4시부터 새벽 1시까지 일을 했다. 젊어서 그런지 식당에서 하는 일은 그리 힘이 들지가 않아 미소를 지으며 손님들에게 서비스를 했다. 그래서 그런지 손님들은 내 친절함의 답례로 매너로 주는 팁보다 항상 많이 주었다. 마음씨 좋은 주인아저씨와 아주머니 덕에 따스하고 깨끗한 음식도 먹을 수 있었다. 하지만 고기가 먹고 싶을 때는 체면 생각하지 않고 손님들이 구워먹고 남긴 고기를 씹어 삼키면서 '오늘은 돼지, 내일은 용'을 꿈꿨다.

매일 일하고 일주일에 닷새 학교에 가고 아침은 간단히 먹고 점심은 굶고 저녁을 식당에서 얻어먹다 보니 돈 쓸 시간이 없었다. 덕분에 1년이 지나자 내 침대 밑에는 작은 방석을 만들 만큼 동전이 쌓였다.

그런데 이상했다. 돈이 좀 생기고 배고프지 않으니 엉뚱한 허기가 몰려 왔다. 얼마나 사람의 정에 굶주렸는지 길거리에서 나보다 2년 먼저 봉제공으로 캐나다에 왔다는 한국 여자를 보고 너무 반가워 만나자마자 내가 살던 반지하방에 초대해 한국 이야기를 하면서 하룻밤을 새웠을 정도였다.

하루를 마치고 조선무처럼 퉁퉁 부은 짧은 다리를 벽에 걸치고 잠을 청할 때면, 예전에 지겹게 느꼈던 한국에 계신 부모님의 욕설이 난무하는 싸움소리가 그렇게 그리울 수가 없었다. 그리움에 울음보가 터져 베갯잇을 흠뻑 적신 적이 한두 번이 아니었다. 철근으로 만든 멍에처럼 내 어깨에 걸려 있는 삶의 무게를 벗어버리고 싶은 마음이 간절했다. 초등학교 때 하얀 아카시아 꽃잎이 휘날리던 영경이네 앞마당에서 소꿉놀이하며 뛰어놀던 때로 돌아가는 꿈을 나는 매일 꿨다.

그래서 1985년 5월 첫 주에 그동안 모았던 적지 않은 돈으로 가족들에게 줄 선물을 마련해 한국으로 향했다. 캐나다에서의 길지 않은 삶을 밴쿠버 연안의 바닷물에 던져 버리고 비행기에 몸을 실은 것이다. 고향이 가족이 그리웠고 그곳에서 다시 일어나 살고 싶었다.

옛날 병자호란 때 중국에 공녀로 바쳐진 그 수많은 조선 여인네들이 죽을 둥 살 둥 사선을 넘어 고향에 돌아왔지만 아무도 반겨주지 않았다고 한다. 나 또한 그러했다. 가족들에겐 내가 허영심만 가득 찬 수치스런 존재라는 것을 피부로 느끼는데 채 3주가 걸리지 않았다. 환향녀가 발 뻗고 쉴 곳이 없다는 것을 알았다.

그래서 '나 자신이 당당하게 서지 못하면 다시는 고향 땅을 밟지 않겠노라' 다짐하면서 눈이 시리도록 파란 5월의 마지막 날 나는 다시 고향을 떠났다. 뜨거운 가슴에 성공에 대한 열정을 안고 또다시 떠나온 것이다.

비집고 돌아갈 고향이 없어졌다는 생각이 드니 싫던 좋던 캐나다를 내 고향으로 만들어야 한다는 새로운 각오가 섰다. 그래서 그런지 환향녀의 한을 뼛속까지 느끼고 되돌아온 밴쿠버의 공기는 희망을 가득 머금은 것처럼 달짝지근하게 코끝에 스며들어 왔다.

내 육체와 영혼이 편히 쉴 수 있는 안식처를 만들기 위해 죽기 아니면 까무러치기로 현실과 전투를 시작했다. 삼국지에 나오는 무용담처럼, 고향으로 돌아갈 모든 배를 다 태워 후퇴의 길을 차단한 어떤 장수의 혼이 내게 붙은 듯했다.

그때부터 나는 열정과 꿈이라는 양날의 칼자루에 나를 맡긴 채 바람 부는 언덕에서 앞만 바라보고 나아가는 사람이 되었다.

✳ 아픈 경험도 재활용

    삶은 모두 재활용과 재생이 가능하다. 맥주 캔의 별 볼 일 없어 보이는 병마개가 장애인들의 휠체어를 만드는 특수 재질 알루미늄으로 다시 태어나는 것처럼 말이다. 아무리 힘든 상황이라 하더라도 삶은 쉽게 끝낼 수 있는 게 아니다. 그리고 죽는다 하더라도 영혼이 살아 있는 한 끝이 아니라고 생각한다. 그래서 이 순간 숨을 쉴 수 있는 축복받은 이들은 삶을 재창조하며 내일을 만들어 가야만 하는 것 같다.

    다시 캐나다로 돌아온 나는 학교에 등록을 하고 아무 일이나 닥치는 대로 해야만 했다. 경험이 스승이라고 1라운드에서 얻은 경험으로 새롭게 다시 뛰기 시작했다. 여기서 쓰러지거나 죽으면 정녕 돌아갈 곳이 없다는 배수진의 절박함이 나를 더욱 강한 인간으로 만들어주었다.

    살아 있는 동안만이라도 햇빛이 잘 드는 곳에서 검은 곰팡이가 핀 내 영혼에게 빛을 가득 쬐어주고 싶었다. 그래서 그동안 살던 지하방을 벗어나 길가에 걸어가던 사람들이 방안을 훤히 들여다볼 수 있는 저렴한 1층 아파트를 얻어 새롭게 출발을 했다. 산 넘어 산이라고는 하지만 미리 보이지 않는 산을 두려워할 필요는 없었다. 나는 하나씩 정복하면 될 거라고 쉽게 생각했다. 그리고 나를 환영하지 않았던 고향 집 가족들에 대한 서운한 마음도 바로 비워냈다.

쥐구멍으로 삼십육계 줄행랑을 칠 필요가 없는 편안한 삶을 살게 되면 가슴속에 깊이 새겨질 추억이 없을 것 같았다. 그래서 주저하지 않고 온몸으로 좌충우돌 내 앞에 펼쳐져 있는 현실을 헤쳐나가기로 마음먹었다. 그리고 황당한 상황이 나를 혼동 속에서 헤매게 해도 웃음을 잃지 않기로 했다.

머리에 쇠똥이 벗겨지기 전부터 시작해온 일이긴 하지만, 나는 새로운 환경에 적응하기 위해, 그리고 외국 문화와 언어를 습득하기 위해 정말 다채로운 경험을 했고 그 경험은 나를 할 말이 많은 여자로 만들어 줬다.

쉽게 얻은 것은 그리 오래가지 않는다. 하지만 힘들게 땀을 흘리며 얻는 것은 많은 시간과 땀방울과 눈물이 끈적끈적하게 버무려지고 어우러져 오랫동안 여운으로 남을 수밖에 없다.

그리고 나는 실패와 상처투성이인 내 삶의 경험을 재활용해야겠다고 결심했다.

✳️발음이 꼬였던 '버지니아'란 이름

"와우! 메쑤 엄마처럼 영어가 잘잘 나올 수 있다면!"

"메쑤 엄마는 원래부터 이렇게 영어를 잘했어?"

"역시 남편이 캐나다인이니 잘할 수밖에. 우리도 캐나다인 남자친구나 가져볼까? 영어 좀 잘하게."

이런 설익은 밥 같은 얘기를 들을 때마다 기분이 묘해진다. 그리고 빵 살 돈을 벌기 위해서 온종일 이 상가 저 상가를 돌아다니다 얻게 된 샌드위치 가게에서 아르바이트를 하며 경험한, 낯 뜨거운 사건을 살짝 들춰본다. 그 일은 내게 소중한 추억과 교훈이 되어주었다.

"다음 손님, 샌드위치를 어떻게 해 드릴까요?"

"100% 보리 빵에 마요네즈와 피클은 집어넣지 말고."

"네, 알겠습니다."

그곳은 내가 주문을 받은 후 샌드위치를 날렵하게 싸주는 동료에게 손님 요청 사항을 알려 주는 시스템이었다.

"버자이나, 들었니?"

"야, 내 이름은 버자이나가 아니고 버지니아야. 알아들었어?"

손님들은 알 수 없는 미소를 지으며 웃어댔다. 나는 "오케이!"하고 대답은 모든 것을 아는 것처럼 자신 있게 했지만 똥 마려운 강아지가 주인 눈치를 살피는 것처럼 버지니아와 버자이나의 차이를 몰라 끙끙 거렸다.

스미스 아저씨 댁에서 3년 동안 영어회화를 배웠지만 이런 단어는 처음 들어본다. 하지만 버자이나인지 버지니아인지 하는 여자애한테 기죽어서 이 일을 놓치고 싶지 않았다. 며칠 전에 아이스크림 가게에서 해고를 당하고 겨우 얻은 일자리이기 때문이다.

아이스크림 가게는 딱딱한 아이스크림을 팔았다. 그런데 나는 아이스크림을 거의 팔았을 때, 남들보다 팔이 짧아 통 맨 밑바닥에 남아 있는 아이스크림을 긁어낼 수가 없었다. 가게 주인이 보기가 딱했는지 내일부터 나오지 말라고 했기에 그 후 며칠간 거리에 있는 모든 가게를 돌아door-to-door 간신히 얻은 일자리였다. 그래서 그저 날 잡아 잡수하고 버틸 때까지 버티고 싶었다. 동료의 이름을 제대로 불러 주기 위해 그날 저녁 시간은 사전 속에 코를 박고 발음 공부를 했다.

그러나 바쁜 점심시간대가 되니 내 발음은 더 꼬여 어제보다 더 큰 소리로 '버지니아'인 그 아이의 이름을 여자 생식기로 불러댔다. 그러다가 할 수 없이 이름 뒷자릴 뺀 앞글자로 그 아이 이름을 불렀다.

"야! 버어어! 하얀 밀가루 빵에 집어넣는 것 다 집어넣고 샌드위치 하나! 그리고 스몰 프렌치프라이랑 페리에 물 한 병 오케이? 손님, 다 합쳐서 사 불 십오 센트입니다."

바쁜 점심시간을 보내고 나니 머리가 뜨거워져 머리카락 속에서 김이 모락모락 피어오르는 것 같았다. 내게 자기 이름을 제대로 불러 달라고 요구한 동료는 하는 수 없이 포기를 한 듯했다.

캐나다에서 혈혈단신으로 살면서 나는 포기하고 싶을 때가 너무 많았다. 버지니아를 버자이너라고 부를 때도, 그리고 끝끝내 고치지 못했을 때도 포기하고 도망치고 싶은 마음이 굴뚝같았다.

어머니는 내가 남들과 달리 머리가 아닌 발이 먼저 양수를 터트리고 태어났다고 했다. 그래서 그런지 내 머리는 포기하는 것이 훨씬 쉽고 편안한 선택이라고 말하지만 발이 먼저 나온 내가 할 수 있는 것은 머리가 아닌 행동으로, 그리고 가슴으로 생각하고 남아 있는 힘이 다 떨어질 때까지 열심히 사는 것이었다. 그래서 나는 항상 포기하고 싶은 순간에 외쳤다.

'그래! 완벽하게 못해도 기죽지 말고 중간까지만 하자!'

선무당이 사람 잡는다고 해도 아예 아무것도 못하는 것보단 낫다고 본다. 능력 닿는 데까지만 하는 것도 축복된 삶이 된다고 나는 확신한다.

✳ 주눅이 사람을 잡는다

사람의 정신을 피폐하게 만드는 것 중에 하나가 주눅이 드는 것이다. 그런 일이 벌어질 때마다 이 세상 누구 하나 창조주의 실수로 나온 사람은 없다고 믿으면서 나의 존재를 고귀하게 여겨야 한다고 생각한다.

샌드위치 가게에서 일을 하면서 동료 이름을 잘 부르지 못해 그냥 앞글자만 부르며 몇 주 동안 일을 하다 보니, 그냥저냥 동료랑 일은 같이 할 수 있었지만 넘지 못할 산이 있었다. 나처럼 안하무인격으로 사는 사람도 임기응변으로 넘어갈 수 없는 사건이 벌어진 것이다.

샌드위치 가게에서는 슈퍼마켓에서 파는 잘 잘려진 치즈를 사서 쓰는 게 아니라 커다란 치즈 덩어리를 사다가 정사각형으로 반듯하고 얇게 썰어 쓴다. 도매로 치즈를 사서 써야만 원가가 저렴하기 때문인 것 같다. 그런데 이상하게 나는 치즈 자르는 철삿줄을 정교하게 쓰질 못했다. 그래서 내가 얇게 썰어 놓은 치즈 덩어리는 항상 쥐가 뜯어먹다 남긴 것처럼 한 모퉁이가 떨어져 나가 있었다. 특히 오래 숙성된 치즈일수록 그 모습이 더 해괴망측했다. 경험이 많은 버지니아의 실력을 주인이 알기 때문에 내가 안 했다고 오리발을 내밀 수도 없었다.

피지에서 이민 온 주인은 한 번은 애교로 봐주었지만, 두 번째는 심각하게 경고를 했다. 그리고 세 번째에는 샌드위치 가게에서 일하기에는 적당하지 않다면서 내일부터는 안 나와도 된다고 했다. 그리고 마지막으로 소독약을 써서 쥐똥이 수북이 쌓여 있던 부엌 구석을 청소하는 일을 시켰다.

독한 소독약을 물에 타서 청소를 하는 동안 뜨거운 물로 인한 김인지 눈물인지 알 수 없는 것이 내 눈가를 타고 흘렀다. 내가 너무나 한심해 보였다. 일 센트까지 정확하게 계산해 주는 주인 입장을 이해는 하면서도 치즈도 제대로 자르지 못하는 무능한 나의 모습과, 몇 주 전 아이스크림 가게에서 해고당한 모습과, 이발소 보조로 남자 이발소에서 일할 때 주인 이발사의 음흉한 눈빛 때문에 하루밖에 일을 못한 모든 것들이 오버랩 되어 더욱더 나 자신이 초라하게 느껴졌다.

나는 내가 아름다운 7월의 석양으로 물든 밴쿠버의 활기찬 모습과는 아무 상관 없는 이방인처럼 느껴졌다. 참혹한 마음을 겨우 붙잡고 터벅터벅 아파트를 향해 힘없이 걸으면서 눈물 자국이 말라붙은 작은 얼굴을 들어 구름 한 점 없는 하늘을 바라봤다. 그리고 문득 어머니의 굴곡진 삶과 원하지 않았던 나의 출생에 관해 생각해봤다. 옛날 사람들은 어떻게 사랑도 없이 자식들을 만들었을까? 그것이 궁금할 정도로 허구한 날 술 취한 아버지와 화음이 맞지 않는 삶을 사셨던 엄마,

하루도 빠짐없이 일수를 찍어야만 하는 멍에를 뒤집어쓰고 웃음을 잃어버린 엄마. 삶이 너무나 징그러운데도 엄마는 이상하리만큼 아이를 잘 낳으셨다. 자손이 귀한 집에 시집을 가셨다면 금메달을 받지 않았을까? 결혼하자마자 아들 셋을 주르륵 내리 낳고 나를 가지셨으니까 말이다.

하지만 원치 않던 아이라 태속의 아이를 지우려고 백방으로 민간요법을 취했다고 한다. 길거리에서 참외 장사를 하실 때는 참외 꼭지를 모아 달인 쓰디쓴 물을 거푸 들이켰다. 그리고 아버지에 대한 미움과 원망에 종주먹을 쥐고 아랫배를 후려치는 자학 행동을 하시면서 태아인 내가 죽기를 원하셨단다.

지긋지긋한 삶을 대물림하는 게 싫었던 엄마였기에 나는 삼신 할매가 점지해 주신 푹신한 자궁 속에서 곱게 자랄 수가 없었다. 온몸을 진저리치게 만드는 쓰디쓴 참외 꼭지 달인 물과, 조선간장을 한 사발씩 원샷하는 저주를 받아야 했다. 하지만 그럼에도 불구하고 살아남았던 나의 질긴 생명에는 분명한 이유가 있음을 파란 하늘을 바라보며 선명하게 느낄 수가 있었다.

그래서 나는 큰 소리로 브로드웨이 길이 떠나가도록 외쳤다.

"김영희! 너는 초등학교 3학년 때 외웠던 국민교육헌장처럼 민족중흥의 역사적 사명을 띠고 이 땅에 태어난 고귀한 존재야! 힘내!"

✱ 간장 향수를 정액이라니!

작은 실수도 하지 않는 6 시그마의 원리로 정교하게 만든 기계도 실수를 한다. 그런데 감정과 이성의 교차로를 수시로 왔다리 갔다리 하는 내 두뇌가 영어 단어를 인식할 때는 오죽하랴. 나는 정액sperm 과 향수perfume를 잘 구별하지 못해 식사를 하러 온 손님들의 밥맛을 종종 떨어뜨리곤 했다.

내가 처한 환경을 최대한 잘 활용할 수 있는 일거리는 식당에서 서비스를 하는 것이었다. 그래서 학교에 다니면서 간장으로 기본 양념을 하는 불고기와 갈비로 유명한 식당에서 웨이트리스를 했다. 매일 오후 4시부터 새벽 1시까지 일을 했는데 나는 이 시간을 영어 수업 시간으로 여겼다. 교실에서 배우는 영어만으로는 말문이 트이지 않을 것 같아 식당에 오는 손님들을 십분 활용한 것이다.

그래서 손님들이 주문한 음식을 덜렁 갖다 주고 맛있게 먹으라고만 하지 않았다. 손님들에게 이 음식은 어떻게 먹고 어떤 음식과 함께 먹으면 입안에 도는 기름기를 없앨 수 있다고 알려 주기도 하고, 다음엔 좀 더 용기를 내서 색다른 음식을 먹어보라고 권하기도 하면서 내 영어가 빠른 시일 내에 일취월장하기를 바랐다.

나는 일하러 온 사람이 아니라 영어회화 연습장에 온 학생처럼 공짜로 손님들과 일대일 대화를 적극적으로 시도했다. 물론 친근하게 수다를 떨면 부수적으로 팁이 많이 나와 금전적인 수입이 많이 생기는 이점도 있었다.

그날도 예외는 아니라 손님들과의 수다가 시작됐다. 이곳 음식의 기본 양념은 간장Soy sauce이라서 "여기서 일을 하고 집에 갈 때면 간장 향수가 온몸에서 진동을 한답니다!"라고 분명히 말을 했다고 생각했는데, 밥을 먹던 손님들이 나를 의아하게 쳐다보는 것이 아닌가. 아니 이 사람들이 왜 이런 표정을 짓지? 순간적으로 내가 수다 떨었던 것을 리플레이replay 해보니 맙소사, 내가 주책없게 무슨 말을 한 거야? 아이고! 간장 정액을 온몸에 뿌린 것처럼 냄새가 난다고 했잖아! 이 주책바가지, 주둥이를 좀 다물고 있지.

맛있게 식사를 해야 할 손님들이 정액을 뒤집어쓴 여자를 상상하느라 밥맛이 떨어질 것 같아 너무 미안하고 내가 한 실수가 말도 못하게 창피했다. 그래도 뻔뻔하게 얼른 상큼한 웃음을 지으며 맛있게 드시라는 말을 한 뒤 그 테이블을 재빠르게 떠났다.

하지만 그 후로도 나는 수다를 멈출 수 없었고 때론 민망해하며 때론 뿌듯해하며 용기 있고 뻔뻔하게 수다쟁이 웨이트리스로 일했다.

✸ 엉덩이 두 짝과 빵

최첨단을 걷는 초일류 기업들도 새로운 것을 배울 때 수많은 시행
착오를 하면서 노하우를 터득해 업계의 리더가 된다. 내 두뇌 또한 새
로운 언어를 습득할 때면 업그레이드가 된 CPU를 장치하느라 수많
은 실수를 저질러야 했다. 그러다 보니 지금은 잠꼬대도 영어로 하게
됐다.

실수를 하는 것은 지극히 자연스러운 현상이다. 거북이걸음처럼
느리게 걸으며 황당한 실수를 한다 해도 그것은 내일의 행복한 성공
을 위한 것이니 실수를 부끄러워하기보다 사랑해야 한다. 30년을 캐
나다에서 살던 10년을 살던 영어를 배우려는 피나는 노력이 없으면
콩글리시 수준을 벗어날 수가 없다.

영어를 제대로 배우고 싶었던 나는 어디서든 옆 사람의 대화를 도
둑고양이처럼 엿들을 수 있도록 귀를 열어놓고 다녔다. 학교 앞 빵집
에 가서 빵을 살 때도 남들이 하는 주문 내용을 들으면서 생생히 살아
있는 영어를 배우려고 노력했다. 무슨 빵 종류가 이리도 많은지! 식

빵a loaf of bread, 베이글bagel, 딱딱하고 긴 프랑스 빵baguette, 주먹빵 bun, 딱딱한 이탈리아빵Italian bread, 통밀빵whole wheat bread, 그리고 마늘빵garlic bread 등 빵 이름만 해도 수십 가지였다.

학생들을 대상으로 신선한 빵을 파는 UBC 대학 앞 빵 가게에는 연로하신 할머니 두 분이 분주하게 움직이고 계셨다. 길게 줄을 선 혈기왕성한 젊은이들의 고픈 배를 얼른 채워주기 위해서이다. 내 앞에 선 젊은이가 할머니들과 친근한 인사를 나누다가 빵 두 개를 사가지고 나갔다.

그 총각이 할머니들에게 했던 말을 금방 캐치한 나는 할머니들에게 "범bum 한 다즌이요!"라고 외쳤다. 그런데 '어엉?'하는 멍한 표정을 지으신다. 가는귀가 먹은 할머니라 생각하고 목청을 높여 다시 "엉덩이bum 한 짝이요!"라고 또 외쳤다. 뒤에 줄을 선 사람들도 처음엔 못 알아들은 모양이었다. 그런데 두 번째로 내가 자신 있게 말한 '엉덩이 한 짝 달라'는 소리는 분명히 들었나 보다. 그들은 내가 무안해하지 않게 낄낄거리면서 웃었다.

이 할머니가 아무리 크게 소리를 질러대도 못 알아들어서 나는 내 발음에 문제가 있다는 생각은 못하고 할머니의 청각에 문제가 있다고 여겨져 빵이 진열된 유리창에 가서 손가락으로 먹고 싶은 빵을 가리켰다. 그랬더니 할머니는 "오! 번bun"이라고 말씀하셨다.

아니, 범이나 번이나 비슷비슷한데 뭐가 달라서 못 알아들으셨던 거지? 보디랭귀지를 해서 사온 빵을 지금의 남편에게 보여주며 이 빵 이름이 '범'이 맞냐고 물어보았다. 그랬더니 "그래! 그 빵 두 개를 모아서 엎어 놓으면 엉덩짝 같지"하며 웃어댄다.

한국 트로트 노래 가사 중에 '님'이라는 글자에 점 하나만 찍으면 남'이 된다는 구절이 있듯이 영어 또한 철자 하나로 인해 완전히 다른 뜻이 된다. 하지만 주먹빵을 엉덩짝이라 발음하는 바람에 조금 창피하긴 했지만 먹고 싶은 빵을 사가지고 맛있게 먹지 않았는가?

실수로 인해 가끔씩 얼굴 빨개지는 일이 벌어질 수도 있지만 무지의 구름이 서서히 걷히면서 질서를 찾아가는 게 진짜 삶이 아닐까 한다. 마치 물이나 음식을 먹다가 음식물이 기도로 들어가 켁켁거리는 것이 두려워 밥을 안 먹을 수 없는 것처럼, 실수의 존재 또한 삶을 위해 꼭 필요한 것들이다. 그러니 실수를 두려워하지 말고 즐기고 사랑하길 바란다.

✳ 걸레가 행주가 되기까지

　행주가 걸레가 되는 데는 아무런 노력도 필요하지 않다. 하지만 걸레가 행주로 신분 상승을 하기 위해선, 양잿물과 뜨거운 목욕재계를 마다하지 않아야 하며, 그것도 성에 차지 않아 빨랫방망이로 흠씬 두들겨 맞은 후 흐르는 시냇물에 거세게 흔들려 봐야만 그나마 '예전엔 걸레 조각이었는데 얼추 행주 같기도 하네' 하는 인색한 평가를 받을 수 있다. 그래서 내가 걸어가는 혹독한 시련의 길은 '성공 빌리지'로 가기 위해 당연히 거쳐야만 하는 톨게이트였다.

　캐나다에서 한번 확실히 살아보기로 작정한 나는 정신을 피폐하게 하는 직업 외에는 모든 일을 다 해보기로 했다. 그래서 친구의 소개로 캐나다 부잣집 할머니 댁에서 청소부로 일을 하기 시작했다. 적게는 일주일에 한 번 많게는 세 번씩 찾아가서 할머니 댁을 청소하는 게 나의 일이었다. 할머니는 가게 점원으로 일을 할 때보다 두 배나 많은 시급을 주시겠다고 했다.

　할머니 혼자 지내시는 곳이었지만 그곳은 밴쿠버의 유명한 관광지인 그렌빌 아일랜드가 내려다보이는 커다란 호화 빌라였다. 할머니께서 원하시는 일은 온 집안을 구석구석 깔끔하게 청소하는 것, 철 따라 커튼을 바꿀 때 커튼의 아랫단을 뜯어 쌓여 있는 먼지를 제거하고 세탁을 한 후 다시 재봉틀로 박아 놓는 것, 발코니의 가구들을 철마다 산뜻하게 페인트칠 하는 것 등이었다. 다행히 캐나다에 오자마자 진학한 고등학교에서 배운 봉재 과목 덕에 나는 곧잘 꼼꼼하게 재봉질을 해서 할머니에게 칭찬을 받았다. 갈 때마다 꼼꼼한 할머니는 '오늘 해야 할 일'이라는 긴 리스트를 주셨다. 내가 받은 리스트 안에는 일의 우선순위부터 설명까지 촘촘히 적혀 있어 하나하나 리스트에 적혀 있는 일을 끝낼 때마다 행주치마 주머니에서 리스트를 꺼내 체크 표시를 하면서 했다. 그랬더니 항상 할머니가 시키신 일을 주어진 시간 내에 빠짐없이 다 할 수 있었다.

할머니는 일일이 쫓아다니면서 잔소리를 하지는 않으셨다. 그 대신 커튼 밑단을 뜯을 때 재봉틀의 윗실과 밑실의 원리를 가르쳐 주시면서 윗실을 이렇게 잡아당기면 한순간에 밑단을 손쉽게 뜯을 수 있다는 식으로 그 효율성에 대해 가르쳐 주셨다.

그분은 진정한 어른이셨다. 그냥 나이테만 지닌 그렇고 그런 노인네가 아니셨다. 일곱 살 때부터 소아 당뇨를 앓아 믿어지지 않을 정도로 수줍음이 많던 병약한 아들이 잘 성장할 수 있도록 헌신을 하신 분이셨다. 그 아들이 장성해서 하버드대 경영학 석사과정을 마치고 캐나다 경제에 큰 획을 긋는 경제통이 되었으니 할머니는 장한 어머니의 전형이라 할 수 있다.

할머니 아들은 캐나다의 전형적인 자수성가한 갑부다. 이름만 대면 다 알 수 있는 캐나다 유명한 건축물은 그 아저씨 회사에서 자금을 대어 만들어진 것들이다. 흔들리지 않는, 심지가 나무뿌리 같은 할머니의 철저한 자기 관리를 어릴 적부터 배운 아들이니 당연한 일인지도 모른다. 옹달샘에서 퐁퐁 쏟아지는 약수처럼 할머니에 대한 존경심이 가슴 깊은 곳에서부터 나왔다. 그래서 돈 때문이 아닌 경외심으로, 할머니가 껌을 씹다가 떨어뜨려도 그냥 바닥에서 집어 다시 씹어도 될 수 있을 정도로 청소를 깔끔하게 해 드리고 싶었다.

그래서 화장실 청소를 할 때는 그냥 걸레로 대충 닦는 게 아니라 쭈그리고 앉아 칫솔로 변기통 구석구석을 닦고 소독을 위해 뜨거운 물로 헹구면서 일을 하니, 청소를 마치고 나면 항상 옷을 갈아입어야 할 정도로 땀으로 범벅이 되어 있었다.

'오늘 해야 할 일' 리스트를 마지막으로 점검을 하고 나서 하루 치의 일을 마치고 나면, 할머니는 풀을 빳빳이 먹인 하얀 테이블보를 깐 식탁에 나를 앉히시곤 5성 호텔에서만 볼 수 있는 테이블 세팅을 하고 점심을 만들어 주시곤 했다. 신선한 오렌지 주스 한 잔에 싱싱한 파슬리와 레몬으로 장식 되어진 따끈한 그릴드 치즈grilled cheese 샌드위치 두 쪽은 '넌 소중한 존재란다'라고 말씀하시면서 나의 등을 쓸어주시는 부드러운 격려의 손길 같았다.

몇십 년 후 내가 공인회계사가 되었다는 소식을 듣고 할머니가 말씀하셨다.

"그래, 너는 뭔가 달랐지. 내가 많은 사람에게 일을 시켜봤지만 너는 달랐단다."

이제는 유명을 달리하신 그분의 생전 모습을 되짚어 보면 그분은 그때 변기통 옆에 쭈그리고 앉아서 칫솔로 청소를 하는 작고 볼품없는 이민자로 나를 보신 게 아니었다. 그분은 시간이 흐른 후 성장해 있을 내 모습을 미리 보실 수 있었던 혜안을 가지신 분이었던 것 같다.

'할머니, 감사합니다! 코흘리개 찌질이가 할머니의 따스한 온정 덕에 이제는 제 밥거리는 할 줄 아는 어른이 되어 갑니다! 저 또한 할머니처럼 젊은이들이 닮고 싶어 하는 어른다운 어른이 되고 싶습니다. 지금 당장은 가진 것이 없는 그들에게 할머니가 제게 해주신 것처럼 배려와 격려로 꿈과 비전이 자라게 도와주는 그런 사람이 되고 싶습니다. 지켜봐 주실 거죠?'

✳ 캐나다 아리랑

사람에게 상처받은 마음의 치유는 결국 사람을 통해서 해야 하나 보다. 마음의 빗장을 걸어 놓고 살기엔 나는 너무 어렸다. 그리고 살아온 날보다 살아갈 날이 많이 남았기에 어떤 대가를 치르더라도 치유의 길을 택하기로 했다. 물론 담당의사는 나 자신이었다.

낡고 헤진 무수리 옷을 입고 혼자 삶을 개척해야 했던 1984년 7월 31일, 나는 또 다른 남자를 만나게 됐다.

브리티시 컬럼비아 대학UBC 파티가 있던 날, 나는 초대해 주는 사람 한 명 없는 그 자리에 운명처럼 있게 됐다. UBC 대학생도 아니고 겨우 동네 커뮤니티 칼리지에서 공부를 하기 위해 준비 중이었다. 나중에 꼭 대학에 갈 거라는 오기 하나로 그해 9월부터 대학 과정에 필요한 영어 과목을 이수하려고 마음먹고 있었던 것이다.

심리학이나 사회학을 전공하는 발랄한 금발 머리 여학생들과 젊음과 패기가 넘쳐흐르는 과학도 남학생들 칠십여 명의 커다란 웃음소리가 한여름의 열기를 장식하고 있었다. 내겐 넓은 벌판처럼 느껴지는 그곳에 서서 그들의 티 없는 모습을 부러워하며 바라보고 있었다. 내 또래 같아 보이는 그들과 나는 같은 세상에 존재하고 있지 않는 듯했다. 환한 조명을 받으면서 백화점 쇼윈도에 멋지게 진열된 신상품과 중고품 가게에서 잘 맞지 않는 부품으로 조립된 물건처럼 차이가 나 보였다.

웃으며 먹고 마시고 떠들고 있는 행복한 그들을 부러움에 찬 눈으로 바라보고 있을 때 나의 작은 동공 속에 들어오는 남자 두 명이 있었다. 하얀 얼굴에 빼곡히 박힌 주근깨투성이 빨간 머리 남자와 아프리카 정글 탐사를 금방 갔다 온 사람처럼 온 얼굴에 수염이 더부룩한 남자였다. 빨간 머리 남자는 성깔이 있어 보였지만, 수염이 온 얼굴을 덮고 있는 남자를 보는 순간, '뉘 집 자식인지 어쩜 저리도 자상하게 생겼을까?' 하며 마음이 쏠렸다.

지금까지 살아오면서 한 번도 느끼지 못했던 부성애가 생각났다. 이북에서 열다섯 살 때 삼팔따라지로 이남에 내려오신 아버지는 쌀쌀 맞은 이북 남자였다. 염치와 미안함도 없는 분이어서 한 번도 가족들에게 '미안하다! 사랑한다!' 하는 말을 해보신 적이 없으셨다. 아버지 같은 남자를 만날까 봐 한국 남자와의 결혼은 꿈에도 생각지도 않았다. 내가 결혼에 대한 선택권을 못 가진다면 독신으로 살겠다고 마음을 먹었을 정도였다.

처음 본 그 남자한테서는 옛날 어릴 적 극장에서 보았던 그레고리 펙 오빠의 모습이 느껴져 내 가슴을 뛰게 했다. 얼굴 전체에 수염을 기른 중후한 이 남자가 풍기는 부성의 향에 반해, 지금 당장 이인삼각 게임을 할 테니 파트너를 구해 오라는 목소리가 힘차게 들리는 곳으로 발길을 옮겼다.

이 혈기 왕성한 젊은 남녀들은 오늘 이 순간 파트너가 되어 즐거운 시간을 갖게 되면 앞으로 관계가 발전할 수도 있다는 것을 아는지 파트너를 심사숙고해서 고르느라 탐사전을 펼치는 것 같았다. 나는 사그라지는 꿈과 열정을 한순간에 다시 깨워준 그 남자를 더 자세히 보기 위해 그냥 그 남자 옆에 서 있었다. 내가 어떻게 이 남자의 파트너가 되어 이인삼각 게임을 할 수 있을까? 언감생심도 유분수지 하는 마음에 그냥 조용히 그 남자의 선한 눈빛을 쳐다보고 있었다.

다른 학생들처럼 극성맞지 않아서인지 이 남자는 파트너를 찾지 못한 채 망설이더니 옆에서 조금 전부터 알짱거리던 나를 보고 할 수 없다는 표정으로 "내 파트너가 되어 주지 않을래?" 하고 물어 왔다.

"오우~ 예스!"

내 사전에 '튕김'이란 단어는 없는 듯, 나는 한치의 주저함도 없이 그 남자의 긴 다리와 나의 숏다리를 한데 묶었다. 찰떡같이 함께 붙어서 잔디밭 운동장을 한 바퀴 돌고 왔더니 우리 팀이 2등을 했다고 부상으로 맥주를 시원하게 유지시켜 주는 컵을 한 세트 주었다.

그 남자의 이름은 '쟌'이었다. 첫 만남의 서먹함을 통성명을 하면서 없애고 나니, 그 남자는 멀리서 본 모습보다 더 멋지고 신사적으로 보였다. 하지만 UBC 대학에서 물리학을 전공하는 3학년생이라는 본인

소개를 듣고 나니 더욱더 내가 초라해 보였다. 그래도 너무나 강한 인상을 주는 남자라 나는 전화번호를 물어봤다. 내가 이 남자를 너무 좋아해 물리학을 공부하게 될지도 모른다는 상상까지 하게 되니 꼭 이 남자를 다시 만나보고 싶었다. 좀 황당해하는 것 같았지만 매너가 좋아서 그런지 전화번호를 적어 줬다. 소중한 인연의 시그널 같아 전화번호를 받자마자 순식간에 외워 버렸다.

그때 난 물에 빠져 허우적대는 사람처럼 지푸라기라도 잡고 싶은 아주 간절한 상태였던 것 같다. 또 이런 반듯한 사람들과 동떨어진 삶을 살아야 하는 게 불안하게 느껴져 조금 더 필사적이었던 것도 같다.

하룻밤에 만리장성을 쌓고 옷깃만 스쳐도 인연인지라 반나절 넘게 파트너로 좋은 추억을 만들어준 그 남자한테 다음 날 점심을 함께하자고 전화했다. 남자는 함께 있었을 때처럼 정중하게 시간이 없다면서 '노'를 했다. 그 다음 날 나는 또 점심을 먹자고 전화했다. 이번에도 남자는 어제와 같은 목소리로 '노'를 했다. 해가 하루만 뜨고 지는 게 아니기 때문에 나는 다음 날 또 그 남자에게 전화했다. 점심을 함께하자는 나의 제안에 그 남자는 껌딱지 같은 이 어린아이가 내일도 포기를 할 것 같지 않아 보였는지 만나주겠다고 했다.

다음 날 점심때 한영사전을 갖고 UBC 캠퍼스 안에 있는 인류학 박물관에서 그를 만났다. 함께 점심을 하고 해변을 거닐면서 이야기를 하는데, 갑자기 그가 내 나이를 물었다.

"실례지만 나이가 몇 살입니까?"

캐나다에선 나이와 돈을 얼마 버느냐는 질문은 실례에 해당 되는 건데 왜 이런 질문을 하는 거지? 그의 의도를 몰랐지만 대답을 했다.

"열아홉 살인데요. 그럼 당신은 몇 살인데요?"

하고 내가 되물으니, 자기는 며칠 전에 만 스물한 살 생일을 맞았다고 대답을 한다.

"맙소사, 나는 열두 살 된 중국 교수님 딸이 아버지 따라 그날 파티에 온 줄 알았어요!"

"어머! 저는 당신이 한 서른여덟 살 정도 된 중년 아저씨인 줄 알았는데……."

"하하, 호호."

그래서 이틀 전부터 전화를 했을 때마다 미성년 성추행범이 될까 봐 점심 먹자는 제안을 계속해서 거절했다고 했다. 그런데 오늘 해변을 걸으며 이야기를 나누니 보기와는 달리 성숙한 것 같아서 나이를 물어보게 됐다고 했다.

그날 그 남자와 함께한 반나절의 즐거운 데이트는 비쩍 말라 비틀어져 가는 나무에 뿌려진 새로운 생명수가 되었다. 그리고 오래전에 우리 할머니가 산더미처럼 쌓인 일을 하며 시름을 잊기 위해 부르셨던 것처럼, 나도 캐나다 아리랑을 부르면서 내 인생에 약속된 여명의 시간을 인내와 끈기로 기다릴 수 있게 되었다.

✽ 깨알 다이아몬드에 담긴 큰 사랑

작은 바람에도 바스라질 것처럼 마른 잎사귀만 다닥다닥 붙어 있던 나의 삶이, 한 남자와의 뜨거운 사랑 덕분에 새로운 잎사귀와 줄기가 생기기 시작했다.

항상 보슬비가 내리는 밴쿠버의 하늘은 사람을 우울하고 스산하게 만든다. 이런 날씨는 쉽지 않은 이민 길을 선택한 나에게 더욱더 캐나다에 대한 정나미가 떨어지게 만들었다. 비좁고 캄캄한 관속에 갇힌 것 같은 마음이 들 때마다 나는 잠시나마 꿀꿀한 기분을 신선하게 해주려고 거대한 도시의 벌떡거리는 심장 소리를 들으러 도시 한복판으로 걸어 들어갔다.

오 불 구십구 센트에 산 태양이 그려져 있는 홍콩제 우산 속 안에서라도 그 생명력을 느끼고 싶었다. 하지만 텅 빈 가슴은 모든 것이 씹다가 만 껌처럼 맛없고 딱딱하고 귀찮게 느껴졌다. 그리고 나와는 상관없이 주위에서 쏟아지는 여자들의 웃음소리와 활기찬 걸음걸이 속을 헤매봐도 심장 소리는커녕, 미약하게 뛰는 맥박 소리조차 내겐 들리지가 않았다.

그러다 초점을 잃어버린 무거운 눈을 들어 그렌빌 거리 남쪽을 바라보니, 한 남자가 비 오는 날인데도 불구하고 비닐봉지로 모자를 만들어 머리에 쓰고 커다란 유리창을 닦고 있었다.

'저 녀석도 한물갔나? 비 오는 날에 유리창을 닦다니……. 그래! 모든 게 뒤죽박죽이군. 어떤 녀석인지 얼굴이나 봐야지.'

이상하게도 유리창을 열심히 닦고 있는 남자를 향해 가면 갈수록 잘 들리지 않던 심장 소리가 점점 크게 쿵덕쿵덕 들리기 시작했다. 오십 미터, 삼십 미터, 가까이 갈수록 그 남자의 모습이 어쩐지 눈에 낯설지가 않았다.

'아니! 이게 누구야, 내가 세 번씩이나 점심 먹자고 해서 한 번 만났던 쟌 아냐?'

"하이, 여기 어쩐 일이야? 누구 만나러 왔어?"

"응! 너를."

그냥 당신을 보러 왔다고 서둘러 농담을 하며 그 남자를 바라보았다. 그리고 그가 내가 그토록 찾으려고 했던 살아 있는 심장 소리의 원천이라는 것을 알았다.

파티에서 만난 쟌은 1985년 가을 학기에 모든 과정을 마치고, 브리티시 컬럼비아 대학에서 학사증을 받았다. 그런데 그 당시 캐나다 경제는 자유당 집권 말기부터 시작된 엄청난 소용돌이 속에 있었다. 감당하지 못할 정도의 엄청난 인플레이션으로 주택 모기지율이 최소

18%에서 최대 22%를 치솟고 있었다. 그리고 대학을 나온 청년 실업률이 11%가 넘었다. 많은 젊은이가 절망에 신음하며 밴쿠버 해변에 가서 소설책을 끼고 아까운 청춘을 허비하고 있을 때, 이 남자는 밴쿠버과학센터에서 최저 임금을 받으면서 임시직으로 청소부 일을 하고 있는 것이었다.

약혼자 초청으로 캐나다에 오자마자 결혼해 만 열아홉 살에 이혼녀라는 딱지를 붙이게 된 나에게 또 다른 캐나다인과의 만남은 두려운 일이기도 했다. 하지만 가진 것 하나 없는 이 남자에겐 무서운 마법 같은 것이 있었다. 그건 이 남자가 가지고 있는 신선한 정신에서 나왔다.

당시 젊은이들은 가뭄에 콩 나듯이 미국으로 직장을 잡아갈 뿐 대부분 직업을 얻지 못했다. 어쩌다 취직이 된 친구들을 바라보면서 '좋겠다'고 부러워하는 사람이 많은 시절에 이 남자는 닥치는 대로 노동일을 했다. 그는 일주일에 닷새 일해서는 생활비를 벌기 힘들자 일주일 내내 일을 하는 강인한 남자였다. 일자리 창출을 못하는 국가에 불평하는 대신 힘든 현실 속에서도 꿈과 비전을 내팽개치지 않는 모습이 너무나 역동적으로 보였다.

그때 아주 가끔씩 밴쿠버 구름 사이로 삐죽이 얼굴을 드러내는 태양을 환호하듯 이 청소부 남자의 온몸에서 풍겨 나오는 넘치는 젊음과 패기에 취하는 나 자신을 발견했다.

그 후 몇 달이 지났다. 쟌은 청소부를 하면서 모아둔 오백 불로 산 깨알보다 작은 0.15캐럿 다이아몬드 반지로 백주대낮에 밴쿠버 최고의 번화가인 그렌빌 가에 있는 이튼 백화점 앞에서 프러포즈를 했다. 많은 이들이 우리를 지켜보며 축하해 주었다.

그리고 나는 건강한 몸과 건강한 정신 외에는 아무것도 가진 게 없는 남자의 사랑을 소중하게 받아들였다. 캐나다도 사람 사는 곳이니 귀한 대접을 받는 직업이 왜 없겠나? 하지만 열심히 사는 모습, 그 안에 고스란히 녹아 있는 진솔한 삶이 내게는 너무나 귀하게 느껴졌다. 직업의 귀천보다 더 중요한 것은 삶에 대한 마음 자세가 아닐까 생각한다. 그는 아주 귀한 마음을 가지고 있는 사람이었다.

딸 둘을 둔 엄마로서 나중에 아이들이 배우자를 선택할 때 나는 이렇게 말하고 싶다. 백만 불을 가진 남자가 아닌 백만 불짜리 정신을 가진 남자를 택하라고 말이다.

✱미혼모, 그리고 첫 아이와의 짧은 만남

　사람들이 입과 눈으로 붙여주는 선입관의 딱지는 빚잔치를 말끔히 하고 나면 사라지는 빨간 차압 딱지하고는 다른 것 같다.

　이혼녀라는 딱지를 열아홉 살에 달고 그것도 모자라 또다시 별 볼 일 없는 백인 남자와 눈이 맞은 한심한 여자, 인생을 아무렇게나 살아가는 여자. 이것이 남들이 나에게 가진 선입관이었다. 그들이 두 눈으로 볼 수 있는 것은 내가 살고 있는 허름한 아파트와 폐차를 했어도 몇십 년 전에 했어야 할 똥차 같은 내 지난날이었다. 사랑이라는 새로운 관계 속에서 재창조되어 가는 삶의 모습은 아무도 관심을 갖고 보려고 하지 않는 것 같았다.

　그래도 나는 새로운 사랑을 해야만 했다. 그리고 미혼모가 되었지만 나는 부끄럽지 않았다. 내 분신은 향락의 찌꺼기가 아닌 고귀한 사랑의 열매이기 때문에…….

　우리는 가진 것이 하나도 없는 그야말로 빈털터리였다. 그런데도 세상 부러울 게 하나도 없는 부자였다. 작고 허름한 아파트에서 우리는 화목한 가정을 꿈꾸며 동거를 시작했다. 두 사람이 벌어서 빠듯하게 월세를 내고 나면 흡족하게 밥을 먹기도 힘들었다.

그래도 젊음은 보석보다 더 귀하다는 것을 알기에, 캐나다에 좋은 사회보장제도가 있는데도 그 도움의 문을 두들기지 않았다. 이상하게 도와달라고 손을 내미는 순간 그나마 가지고 있었던 알량한 자존심이 와르르 무너질 것 같아, 나는 마지노선을 사흘 굶는 것으로 굵게 금을 그었다.

사랑으로 가득 찬 약혼자 부모님 댁에 가끔씩 가서 음식을 얻어먹었다. 하지만 키워 준 것만도 감사한데, 성인이 돼서도 자기 몸 하나 챙기지 못한다는 게 너무 한심해 보여 자주 가지 않았다. 2주에 한 번씩 봉급을 타면 월세의 반을 떼고 난 금액 중의 일부를 가지고 맥도날드 치킨 버거를 하나 사서 반으로 나눠 둘이 그걸 오랫동안 꼭꼭 씹어 먹는 게 유일한 외식이었다.

그리고 우리는 아이를 갖게 되었다. 결혼한 상태가 아니었기 때문에 나는 미혼모였다. 하지만 사랑하는 사람과의 아이는 축복이었고 나는 더없이 행복감을 느꼈다. 남들 눈에는 우리가 대책 없어 보일 수 있지만 화목한 가정을 꾸미고 싶은 열망이 용기를 내게 했다.

젊음은 무모하기에 용기가 있다. 그리고 물질적으로 빈곤해도 쉽게 구차해지지 않는다. 가진 게 없었지만 돈이 없어도 아이는 키울 수 있을 것 같았다. 물론 물질적으로 풍족한 삶 속에서 새 생명을 양육할 때 더 좋은 환경을 제공해 줄 수 있지만, 허구한 날 싸움을 하던 부모를 보아온 나는 화목하지 않은 부모와 사는 자식은 폭력이라는 거울만 보며 자라는 거라고 생각했다. 그리고 물질적인 것보다 더 중요한 것이 정신적인 사랑이라고 믿었고 아이를 사랑하는 것에는 자신이 있었다.

사랑하는 사람과의 온화한 가정, 그 안에서 나의 분신을 키우고 싶었지만 미혼모라는 주홍글씨를 기꺼이 가슴에 달고 살기로 결심한 나에게 불행이 찾아왔다. 임신 28주가 되던 어느 날 무척 아프기 시작했다. 아이를 낳아본 경험이 없어서 하루 전부터 진통이 시작된 것도 모르고 있었는데, 다음 날 오전에 갑자기 코피가 터졌다. 수건을 흠뻑 적실 때까지 피가 멈추지 않아, 온몸에 피를 흘리면서 병원에 갔다.

병원 화장실로 가서 피묻은 얼굴과 손을 차가운 물로 닦고 나오니 간호사가 화장실 밖에서 휠체어를 대기하고 나를 기다리고 있었다. 분만실로 들어갔다. 하지만 뭔가 이상한 게 발견이 됐는지 순산을 할 수 없었다. 2리터 정도의 물을 태아의 배에서 뽑아내 아이의 배를 작게 만들어야 분만할 수 있다고 했다. 어쩐 일인지 태아의 배는 물이 꽉 차서 농구공만 하다고 했다. 그리고 모든 조치를 취해 28주 된 태아를 분만했다.

아이의 울음소리는 들을 수가 없었다. 미혼모의 몸을 빌려 잉태된 새 생명은 세상의 공기를 마시자마자 10분 만에 숨을 거뒀다. 나의 작은 분신인 피터는 1986년 5월 13일, 그렇게 짧은 생을 마쳤다. 그리고 나는 의식을 잃고 이틀 후에 깨어났다.

✳ 죽음 앞에서 맞이한 믿음

지금 이 순간 숨을 쉬고 있는 사람들은 먼저 떠난 사람의 몫까지 살아야 할 의무가 있다고 생각한다.

"닥터 파거슨, 내 약혼자를 살려주세요! 전 이 여자 떠나면 살아갈 이유를 잃어버리게 됩니다. 제발!"

의사는 말이 없었다. 순진한 선교사처럼 맑기만 한 남자의 눈동자는 지난 며칠 동안 흘렸던 눈물 자국 때문에 초점도 잃은 듯했다. 인정사정없는 낙제 시스템 때문에 대학에서 떨어져 나가지 않으려고 이성 교제도 마다하고 지내다가 처음으로 만난 여자가 바로 실수투성이에 못난 나였다. 그런데 그 여자가 삶의 문턱을 오락가락하고 있으니 얼마나 기가 막혔겠는가.

초록색 눈동자를 가진 남자가 시골 동네에서 평화롭게 살다가 지구 반대편 가난한 나라에서 볼품없이 살았던 여자와 인생의 정거장에서 만났다. 함께 버스를 타고 비록 덜컹거리는 길일지라도 인생의 종점을 향해 두 손 꼭 잡고 가고 싶었는데, 그 여자가 지금 도중하차를 하려고 하는 것이다. 혼자 가도록 내버려둘 수가 없는데 그렇다고 함께 갈 수도 없는 먼 곳을 말이다.

작은 인형처럼 가볍게 태어난 나의 분신 피터는 육체적으로 많은 아픔을 갖고 있던 아이였다. 심장에는 작은 구멍이 나 있었고, 생식기가 제대로 발달이 되지 않아 작은 몸보다 더 크게 배에는 물이 차 있었다. 어떻게 그런 몸을 갖고 28주를 살아 있었는지…….

피터가 세상을 떠나고 이틀 후 정신이 들었을 때, 나는 내가 조절을 할 수 없을 정도로 내 몸이 이상해지는 것을 느꼈다. 갑자기 머리가 마구 흔들리는 간질 증세가 나타나고 손과 팔이 비틀어지면서 입이 귀에 가서 붙는 듯했다. 있는 힘을 다해 돌아가는 손과 팔을 다시 제자리로 돌려 보려고 해도 반대쪽으로 비틀어지려고 했다.

"힘쓰지 말고 그냥 두세요"라는 의사의 목소리가 점점 멀어지면서 나락으로 떨어졌다. 그리고 다시 이틀 후 의식이 돌아와 눈을 뜨니 아무것도 보이지가 않았다. 갑자기 외할머니가 생각이 났다. 외할머니는 사십 대 후반 어느 날 갑자기 거짓말처럼 "누가 불을 껐니?" 하시고 일흔아홉 살에 타계하실 때까지 시각장애인으로 살다 가셨다.

화장실이 없는 우리 집에 오시면 할머니를 모시고 공동변소에 가서 할머니가 볼일을 다 볼 때까지 밖에서 기다렸다가 할머니의 손을 잡고 다시 모시고 와야 하는 일이 막내인 내 몫이었다. 할머니는 시력을 잃고 나서 촉각이 발달되어 머릿니를 손으로 더듬거리면서 잡아

주시곤 했다. 그리고 어린 나는 할머니가 고쟁이 속에 손수건으로 싸서 꽁꽁 숨겨둔 쌈짓돈을 할머니 눈이 안 보인다는 이유로 오백 원짜리 지폐를 백 원짜리라고 우기면서 뺏었다. 그것도 모자라 할머니를 골탕 먹이려고 머리에 꽂혀 있는 비녀를 휙 뺀 후 방구석에 서서 "할머니, 나 어디 있게?"하고 물어보면 "저기"하고 대답을 하실 때, '어! 장님이 어떻게 알아?'하면서 의아해했다. 철부지 시절에 했던 그런 과오 때문에 나 또한 장님이 되려나 하는 두려움이 엄습해 왔다.

"어, 눈이 안 보여요!"

하고 외쳤더니 의사가 설명을 해주었다. 독혈증으로 아이를 잃었고, 그 때문에 생긴 고혈압으로 내 머리 속에 탁한 물이 가득 찼다고 설명해주었다. 그리고 그 물로 인해 두 눈의 신경이 퉁퉁 부어올라 눈이 보이지 않는다는 거였다.

2주 동안 중환자실에 누워 있으면서 오락가락하는 의식은 붙잡을 수 없었지만 욕창을 방지하라는 의사의 지시를 받은 간호사들이 온몸을 마사지해주는 친절한 손길은 느낄 수 있었다. 그러나 내게 죽음이 임박해 오는 것도 느끼지 않을 수가 없었다.

끝이 없는 어둠의 터널을 혼자 걸었다. 그리고 그 안에서 내가 그동안 살아온 짧은 삶이 영화 한 편처럼 스쳐 지나갔다. 아주 작은 것까지 생각났다. 초등학교 2학년 때 친구 외숙이네 집 마루에서 쓸 필요도 없던 회수권 한 장을 집어오는 모습까지 말이다. 그리고 누군가를 미워했던 순간들을 모두 후회했다.

난 매달리기 시작했다.

'하나님, 전 정말로 이대로는 못 가요. 정말로 억울해요. 보세요! 전이 세상에 와서 저를 기억해줄 만한 건 아무것도 남기지 못하고 떠나야해요. 지금 제가 삶을 마감하면 긴 터널을 거닐 때 보았던 그 어둠 속으로 가게 될 텐데 가고 싶지 않아요! 한 번만 더 기회를 주세요. 네?'

미션스쿨을 다닐 때 교목 선생님이나 독실한 크리스천인 명숙이가 복음에 대해 이야기를 하거나 부흥회에 가자고 하면, "예수 믿는 것들이 더 못된 짓 하더라. 예수를 믿느니 내 주먹을 믿겠다!"라고 말하며 야박스럽게 굴었다. 그런데 지금 누가 하라고 하지도 않았는데 나는 예수님, 하나님을 엉엉 울면서 찾았다.

보이지 않는 눈을 타고 눈물이 흘러넘치는 하루, 이틀이 지나니 고열과 고혈압이 내려가기 시작했다. 나의 간곡한 외침에 하나님은 기꺼이 귀를 열어 주시고 말도 안 되는 기도에 응답해 주셨다.

'나는 얼마나 우매한 자였나! 인간은 이 세상에서 혼자 할 수 있는게 하나도 없는 나약한 존재인데……' 2주 동안 지내던 중환자실에서 회복실로 옮겨지면서 육체의 시력이 되돌아올 때 영혼의 눈도 함께 떠지면서 알게 되었다. 할렐루야!

나의 분신 피터가 비록 짧은 순간 살다 떠났지만 못난 엄마에게 선물을 주고 갔다. 그것은 그분의 놀라운 은혜 가운데 내 삶이 항상 있고, 영원히 지속되리라는 진리의 가르침이었다.

나에게 배움은 행복으로 가는 가장 큰길이었다.
아이 셋을 낳아 기르면서 12년 동안 대학에 다녔다.
하숙을 치고 웨이트리스를 하면서 아이들을 들쳐업고 책을 보았다.
그리고 14년 만에 공인회계사 자격을 따냈다.
내게 배움은 새로운 세상을 열어주는 가장 소중한 열쇠였다.

❋ 배워두면 다 쓸모가 있다

나는 쓸데없는 배움은 없다고 확신한다. 비록 중간에 진로를 바꾼다 해도 도둑질당할 염려가 없는 지식은 언젠가는 삶의 디딤돌이 되어 준다.

내 생애에서 첫 번째로 가진 나의 분신을 어쩔 수 없이 가슴에 묻으며 나는 의사들과 상담을 많이 했다. 전문 용어를 알아들을 수가 없어서 이해가 안 가는 부분은 묻고 또 물었다. 영어로 된 전문 용어를 잘 모르다 보니 산부인과 전문의에게 스트레스성 급성 위염을 앓고 있는 약혼자 쟌을 진료해 달라고 부탁을 하곤 했다. 내가 평소 생각했던 의사라는 사람들은 아라비안나이트에 나오는 요술 램프 지니처럼 모든 병을 신통하게 다 고칠 수 있는 사람들이었다. 나는 전문의와 가정의의 차이조차 구별하지 못할 정도로 무지했다.

중환자실에서 회복실로 옮기자마자 환자 옷을 입고 휠체어에 앉은 채 작은 핏덩이인 피터의 장례식을 치렀다. 현실을 바로 직시하라는 정신과 의사의 배려였는지는 몰라도 내 병실은 신생아실 앞에 있었다. 그래서 아침부터 저녁까지 새 생명들의 울음소리가 기상나팔처럼 들려왔다. 나는 온종일 누워 있다가 하루에 꼭 한 번씩 기운이 하나도 없는 팔과 다리를 끌고 유리창을 통해 신생아들의 모습을 한참 동안 서서 바라보곤 했다.

계속 뇌파 검사를 하면서 몇 주 더 회복실에 있다 보니, 그동안 치료를 위해 전문 용어를 알아들을 수 있도록 쉽게 풀어 설명해주신 닥터 파거슨과 의료진들에게 감사한 마음을 가질 정도로 안정을 찾게 되었다.

간호사 땔마는 찾아오는 문병인이 없는 내가 안됐는지 자기 용돈을 털어 싱싱한 꽃을 사서 화병에 꽂아주었다. 그녀의 친절을 잊을 수가 없다. 욕창을 예방하기 위해 마사지를 하는 그녀의 손에는 사랑이 듬뿍 담겨 있었다.

그녀는 그 고마움을 평생 잊지 못할, 친절한 사람이었다. 보잘것없는 나에게 대가를 바라지 않고 베푸는 그들의 봉사와 친절한 마음이 너무나 숭고해 보여 그런 사람들과 함께 일을 하고 싶어졌다. 그래서 퇴원 후 밴쿠버 시내에 있는 밴쿠버 커뮤니티 칼리지에서 6개월짜리 병원 코디네이터 코스를 공부하기 시작했다.

그곳에서 배운 과목은 라틴어, 약학, 신체학과 병원 운영 체제 등이었다. 코스 자체가 생소한 거라서 그런지 이민자는 나 혼자였고 모두 캐나다 태생 백인들이었다. 밴쿠버는 홍쿠버(홍콩+밴쿠버)라고 불릴 만큼 홍콩계 중국인들이 많이 거주하고 있다. 그런데 처음으로 백인들만 듣는 수업을 선택하고 보니 영어를 잘해야 공부도 잘할 수 있을 거라는 생각이 들었다.

공부는 예상대로 어려웠다. 이해가 안 가는 것은 무조건 달달 외워 시험을 봤다. 덕분에 점수는 항상 상위권을 유지할 수 있었지만, 이해를 하지 못한 채 암기로만 땜빵을 해서 그런지 자신감이 없었다.

"새로 이민 온 네가 어떻게 우리보다 점수가 훨씬 좋니?"

참으로 경이롭다며 학우들이 칭찬을 해주었지만, 강사인 미스 도린은 나를 그리 탐탁하게 보질 않았다. 나름대로 이 코스에 대한 프라이드가 있어서 그런지 종종 "이 코스는 너한테 너무 어렵지?"하고 물어보곤 했다.

커뮤니티 칼리지 코스는 기업과 연관되어 만들어진 거라 5개월 과정이 끝나자마자 연결이 되어 있는 세인트폴 병원으로 모든 학생이 실습을 하러 나갔다. 어떤 학우는 응급실로 또는 신생아과, 산부인과, 정신과 등으로 나갔고, 나는 비뇨기과 데스크로 배정을 받았다. 그곳은 다른 데스크보단 덜 바쁘게 돌아가는 곳이었다.

그런데 1주, 2주가 지나가면서 나는 환자들과 함께할 수 없는 사람이라는 것을 깨닫게 되었다. 비뇨기과엔 할아버지들만 계셨는데 거의 하의는 입지 않은 채 가운 두 개를 앞에서 한 개, 등에서 한 개씩 껴입고 다녔다. 그리고 약을 달라며 가느다란 모기 목소리로 간호사를 보챘는데 그 소리를 들을 때마다 나의 모든 에너지가 소진되어 가는 듯했다.

신생아실 데스크로 간 세 아이의 엄마인 알렌과 도시락을 먹으면서 나는 이 코스를 마치지 않겠다고 했더니 펄쩍 뛰면서 미쳤다고 했다.

"무슨 소리야. 졸업이 겨우 3주밖에 안 남았는데!"

졸업 후 병원에서 일을 하지 않더라도 지금까지 잘 버텨왔으니, 몇 주만 좀 더 참고 졸업만이라도 하라고 격려를 아끼지 않았다. 하지만 나는 하루라도 병원에 더 있으면 죽을 것만 같았다.

그래서 약혼자 쟌에게 일방적인 통보를 하고 1987년 2월 14일, 혼자서 엄동설한인 토론토로 이주를 했다. 약혼자 쟌의 형인 피터가 나를 공항에서 픽업을 해주면서 밴쿠버처럼 아름다운 곳을 떠나오는 멍청이를 이해하지 못하겠다고 했다. 하지만 나는 밴쿠버를 떠나 새로운 출발을 하는 것이 중요했다.

토론토 도착 일주일 후 밴쿠버 커뮤니티 칼리지에서 배운 의학 용어 덕분에 방사선과 전문의의 진단을 받아 적어 리포트를 작성하는 비서로 일을 하기 시작했다. 영어 실력이 그리 좋지 않았는데도 불구하고 그 자리에서 나를 비서로 채용한 방사선과 전문의는, 1968년 소련이 무력으로 동유럽을 삼켜 버릴 때 조국인 체코를 떠나 캐나다로 와서 전문의가 된 분이었다. 그래서 그런지 실수로 스펠링 오타를 내거나 알아들을 수 없는 전문 용어를 물어보면 차근차근 가르쳐 주시는 신사였다.

개똥도 약으로 쓸 수 있는 것처럼 5개월 동안 배운 라틴어로 된 의학 용어는 영어를 공부하는 데 큰 도움이 되었다. 대부분의 영어나 불어의 어원이 라틴어이기 때문이었다. 그리고 말은 잘하지 못해도 간단한 불어는 읽을 수 있게 되었다. 발음은 엉망이었지만 잡지나 물건에 적혀 있는 간단한 문장의 독해는 가능하게 된 것이다.

약혼자 형님네 가족에게 신세를 지는 게 미안해서 받지 않겠다는 렌트비 대신 내가 잘하는 청소를 해주며 3주를 그곳에서 보내고 나니 약혼자 쟌이 밴쿠버과학센터에서 임시계약직을 마치고 토론토로 오게 되었다.

쟌은 토론토에 도착한 이틀 후 바로 난민 자격으로 정착한 이민자와 정신 분열자들을 위해 정부가 만든 특수학교에서 컴퓨터를 가르치는 강사로 일을 시작했다.

그리고 내가 끔찍하게 싫어했던 의학 용어 덕분에 취직이 되어 번 첫 번째 2주 봉급을 받자마자 우리가 함께 머물 곳을 찾아 이사를 나갔다. 기대하지도 않은 가지에서 풍성한 포도송이를 얻은 것처럼 괜히 시간 낭비를 한 것 같아 보였던 배움의 시간이 나를 또 다른 기회의 길로 이끈 것이다.

우리가 세를 얻어 이사 온 집은 베트남에서 이민 온 알뜰한 주인아저씨가 주택 모기지를 내는 데 도움이 되게 작은 집의 2층 방을 개조해서 만든 곳이었다. 작고 볼품없는 그곳은 내가 소박한 꿈을 펼칠 수 있게 해주는 근원이 되었다. 조금씩 솟아 나오는 작은 물방울이 모여 큰 강을 이루듯이 말이다.

그 보금자리는 사실 너무 초라해서 하찮은 곳 같아 보였다. 하지만 그곳이 얼마나 많은 사람의 꿈이 담겨져 있는 곳인지 얼마 지나지 않아 알게 되었다. 그곳은 이민자들의 생동하는 역사가 꿈틀거렸던 곳이었다.

토론토 정착 후 10개월이 지나 시민권 시험을 보게 되었다. 그때 만난 이민국 판사는 내가 머물고 있는 주소를 보더니 "어머 너 97 덴토니아에 사니?" 하고 물어보았다. 그러면서 "내가 몇십 년 전에 토론토로 이민 와서 산 곳이 바로 거기였어"라고 말했다. 그리고 간단하게 세 개만 질문하더니 통과시켜 주었다.

몇 주 후 오른손을 들고 엘리자베스 2세 여왕 사진 앞에 서서 캐나다를 제2의 조국으로 삼을 것을 진심으로 선서했다. 이곳 토론토는 내가 뼈를 묻을 곳! 내 자손들의 영원한 영광을 위해 소시민으로서의 책임과 의무를 다하면서 로큰롤 버전의 캐나다 아리랑을 힘차게 부르리라 다짐했다. 그리고 나는 킴벌리란 영어 이름을 함께 사용하기 시작했다.

✸ 너 때문이 아니야

지금은 남편이지만 그땐 동거남이었던 쟌과 나는 사랑의 결실인 피터를 허망하게 잃었다. 하지만 우리는 남들의 우려와는 달리 더 끈끈한 정신적인 연대감을 갖게 되었다.

자식을 가슴에 묻거나 가장이 직장에서 해고를 당해 재정상의 문제가 생길 때, 부부나 이성 관계가 쉽게 깨어질 수 있다고 한다. 서로를 지켜보다가 상처가 되살아나고 그 상처 때문에 괴로워하며 서로를 탓하게 되어 더 큰 상처를 줄 수 있기 때문이다. 하지만 우리는 서로를 탓하기에는 어리석을 정도로 순수했다.

그래서 첫 번째로 둘이 함께 탄 롤러코스터가 수직 하강할 때 서로 손을 더 꼭 붙잡았다. 서로의 손을 놓는 순간 더 힘든 현실의 나락으로 떨어질 수 있다는 것을 알고 있었던 것처럼 말이다. 또한 우리의 만남은 주거나 받는 것을 주판알을 튕기면서 계산을 할 수 있는 관계가 아니었다. 그래서 서로에게 책임을 전가할 생각을 전혀 하지 않았던 것 같다.

살면서 가장 안일하게 나 자신을 위로할 수 있는 방법은 '그건 너! 바로 너! 너 때문이야!'하고 상대방에게 모든 책임을 전가하는 게 아닐까. 지금까지 일어난 모든 상황이 상대방 때문이라고 손가락을 겨누면 자신이 부족한 사람이라는 것을 잠시나마 망각할 수는 있다. 하지만 마약 중독자의 간증처럼 그 위안은 한순간뿐이다. 근본적인 문제가 해결되지 않는다는 것을 그때 나와 쟌은 알고 있었던 것 같다. 그리고 그것이 젊은이들만 가질 수 있는 쿨~한 태도가 아니었을까? 또 생산적인 삶을 살기 위해서는 반드시 사람과 지지고 볶는 것이 필요하다고 생각한다. 그래서 '저승사자는 뭐하고 저 원수를 안 데리고 가는 거야?' 하면서도 그 다음 날 미움과 원망을 털어내고 살아가는 게 삶을 대하는 올바른 태도이자 매너가 아닐까?

미혼모의 길을 선택한 것도 피터의 죽음을 맞이한 것도 바로 나와 쟌이었다. 다른 누구의 힘도 빌리지 않고 피가 흐르는 상처를 지혈하고 서로 의지하면서 어려운 현실을 헤쳐나가야 하는 것이 우리가 해야 할 숙제였다. 서로 손을 잡고 벌떡 일어나서 앞만 내다보고 걸어가는 게 우리가 할 수 있는 전부였다. 그래서 우리는 사선을 함께 넘어온 전쟁터의 전우처럼 서로를 더욱더 신뢰했고 그래야만 했다.

당시 1970년대 말부터 1980년대 초 캐나다 청년들은 너나 할 것 없이 사회 전반적인 시스템에 크게 실망을 한 상태였다. 특히 젊은 층이 느끼는 경제지수는 그야말로 꽁꽁 얼어붙어 있었다. 나같이 경제에 대해 아무것도 모르는 젊은 이민자들도 체감할 수 있을 정도로 막일

거리조차 구할 수가 없었다. 특히 소비도시인 밴쿠버의 경제 사정은 더 나빠서 많은 젊은이가 좌절감을 맛보게 했다.

젊은 피가 펄펄 끓는 나와 쟌은 가만히 앉아 기성세대 정치인들의 무능을 탓하고 있을 수는 없었다. 나만의 개인적인 혁명을 일으켜야 했다. 피켓을 들고 일인 시위를 하는 것보다 더 빠르게 개인 상황을 획기적으로 바꿀 방법은 바로 현대판 유목민이 되어 일거리를 찾아 떠나는 거였다.

이것만이 가난하고 배운 거 없는 못생긴 이민자가 할 수 있는 최선의 해결책이라고 믿었다. 나는 기성세대가 차려준 밥상 위에 올라온 반찬만 먹을 게 아니라 직접 차려 먹어야 한다고 믿었다. 감나무 밑에 서 있다 보면 감이 언젠가는 떨어지겠지만, 나는 그때까지 기다리지 않고 작대기를 들고 감나무를 마구 털고 싶었다.

그래서 쟌과 나는 밴쿠버보다는 좀 더 공업도시인 동부 토론토로 이주해서 새 터전을 꾸린 것이다. 내 성격상 온화한 날씨에 항상 비가 내리는 밴쿠버보단 혹독하게 춥더라도 햇볕이 쨍하게 나는 동부 토론토가 더 매력적이었다.

자동차로는 72시간, 비행기로는 4시간 반이 걸리는 커다란 대륙을 횡단해 새로운 곳에 첫발을 내디뎠다. 그리고 우리는 지난날의 상처를 털고 서로 감싸 안으며 새로운 출발을 축복했다.

✳ 다이아몬드 원석 같은 여자

눈으로 볼 수 있는 것만 보려고 하고 지금 당장 손으로 만질 수 있는 것만이 실체라고 믿는 우를 우리는 자주 범하고 산다. 하지만 진정한 사랑과 믿음은 보이지 않는 것에 대한 확신이다. 그래서 나는 히브리서 11장 1절 '믿음은 바라는 것들의 실상이요, 보지 못하는 것들의 증거니……' 말씀을 가슴에 품고 산다.

나는 전문의의 비서로, 약혼자는 컴퓨터 강사로 토론토에 따스한 둥지를 틀기 시작했다. 많은 연봉은 아니었지만 밴쿠버에서의 삶에 비하면 토론토의 삶은 너무나 풍요로웠다. 맥도널드 치킨 버거를 이제는 두 개를 사서 먹어도 가슴을 졸일 필요가 없었다.

지하실에서 시작해 아파트 1층으로 그리고 다시 가정집 2층으로 이사를 온 것처럼 내 삶에 봄날이 오는 것을 느낄 수가 있었다. 서쪽을 향해 있는 월세 집에 뜨거운 햇살이 들듯이 우리의 사랑 또한 더 뜨거워졌다. 그래서 심각하게 약혼자 쟌과 결혼을 생각했다.

쟌이 돈을 잘 벌지 못하고 빵빵한 재력의 배경은 없지만 쟌과의 결혼은 나에게 아주 현명한 선택이 될 것이라는 강한 믿음이 생겼다.

캐나다에서는 이런 말이 있다. '원숭이는 원숭이를 보고 따라 한다 (Monkey see, Monkey do)'라는 말이다. 시아버지가 되실 약혼자의 아버지를 몇 해 관찰해본 결과 아버지를 닮았다면 쟌은 분명 좋은 남편과 자상한 아버지가 될 것 같았다. 근면 성실하신 아버님은 혼자 벌어서 팔 남매를 모두 공부시키고, 가벼운 접시는 아내가 닦아도 되지만 무거운 솥단지를 닦는 험한 일은 꼭 남자가 해야 한다고 하셨다. 그리고 쓰레기를 갖다 버리는 더러운 일 또한 아내에게 미루지 않고 솔선해서 하시는 모습을 보여 주셨다.

나는 그런 듬직한 아버지의 모습을 보고 자란 쟌 또한 아내를 아끼는 배우자가 되지 않을까? 하는 기대가 생겼다. 그런 남자와 결혼을 하려고 하자, 배운 거 없고 가진 것 없는 못생긴 여자와의 결혼을 시집 식구들이 반대를 했다. 가족들이 봤을 때 대책 없는 여자로 보이니 당연한 일인 것도 같았다. 그리고 코리아 하면 한국전쟁을 배경으로 만든 M.A.S.H 미국 드라마를 통해서만 접해본 시집 식구들이었다. 우리 관계가 그냥 세상 물정 모르는 두 젊은것들의 불장난인 동거로 끝나기를 바랐기 때문에 결혼을 한다고 통보를 했을 때 모든 가족이 놀랄 수밖에 없었다.

캐나다 사람들은 혼전 동거를 참 자연스럽게 한다. 동거를 1년 이상 하면 사실혼으로 인정해 줄 정도로 법적으로 보호도 받는다. 하지만 결혼이라는 형식에 구애를 받지 않고 헤어지기가 쉬운 상태가 동거래서 선호하지 않을까? 하는 생각도 든다.

"겨우 몇 년 타고 다닐 차를 사려고 해도 시운전은 필수인데 평생 데리고 살 배우자를 구하는데 동거도 안 하고 결혼을 하니?" 하고 유머러스하게 이야기를 하는 친구들도 더러 만나볼 정도다.

우리가 그런 동거로 지내다 자연스럽게 헤어질 것을 예상했던 쟌의 가족이 결혼을 반대하는 것도 이상한 일은 아니었다. 특히 반대를 많이 한 사람은 다름 아닌 쟌의 큰형수였다. 캐나다에서 신문사 저널리스트로 일을 하는 큰형이 막내 동생에게 말을 할 수 있었지만 건장한 어른으로 성장한 남동생의 자존심을 생각해서 큰형수가 총대를 멨다.

어느 주말 한가한 오후에 큰형수는 쟌을 오타리오 호숫가로 불러 킴벌리와의 결혼을 심사숙고하라고 조언을 했다.

"쟌, 너 같은 남자는 좋은 여자 만나 행복한 가정을 이룰 수 있어. 나중에 후회하지 말고 다시 한번 킴벌리와 결혼하는 걸 재고해 보는 게 어떨까? 원한다면 내가 좋은 배경을 가진 여자를 소개시켜 줄 수 있어."

시부모님을 뺀 나머지 시집 식구들이 킴벌리와 하는 결혼은 일생 최대의 어리석은 일이라고 단정 짓고 조언을 했을 때 쟌은 다음과 같은 답변을 했다.

"나를 사랑해서 해주는 충고는 정말 고마워요. 하지만 킴벌리의 진가를 몰라서 그러는데 그녀는 내가 보기엔 깎지 않은 다이아몬드 원석입니다. 내가 언젠가는 그녀가 잘 깎은 다이아몬드가 되게 도와줄 거예요."

모두 영국계 캐나다인인 시집 식구들은 목에 핏대를 높이면서 소리를 지르는 스타일이 아니라서 그런지 "킴벌리가 다이아몬드면 나는 뭐야?"하고 소리를 꽥 지르는 대신 한참 동안 쟌을 가엾게 바라보고 있었단다.

손위 형님이 나를 동서로 받아들이기 힘이 들었던 것은 나도 충분히 이해할 수가 있었다. 그녀는 토론토 유수의 대학에서 석사를 마친 여자요, 친정 오빠는 캐나다에서 알아주는 거물급 사업가니 막내 동서 또한 얼추 비슷하게 급이 맞아야 한다는 생각도 할 수 있다. 그렇게 생각하니 그녀가 밉지는 않았다. 다만 그녀를 비롯한 많은 시집 식구들이 먼 훗날의 장래를 보지 않고 당장 그 순간 보이는 것만 가지고 사람을 판단하는 게 얼마나 우매한지를 알려 주고 싶었다. 그리고 그들이 한심스럽게 보는 막내 동생 쟌이야말로 선견지명이 있는 현자임을 입증해 보이고 싶었다.

그들이 아닌 우리가 마지막으로 웃는 자가 되고 싶어 나는 결혼과 출산, 그리고 일을 병행하면서 배움의 끈을 놓을 수가 없었다. 그리고 나는 더, 더 이를 악물고 내 삶과 사랑에 충실하게 살아가야 했다.

✳ 지긋지긋한 남자와의 결혼

장미향이 화려하게 풍기는 결혼식이 아니라도 괜찮다고 생각했다. 국화향 같은 은은한 믿음만 있어도 충분히 행복한 결혼식이 될 수 있다고 여겼다. 많은 시집 식구의 걱정스러운 눈빛 때문에 결혼에 대한 100% 자신감은 없었지만, 이왕 결혼하기로 결정을 했으니 주위의 반대에 신경 쓰지 말고 소신 있게 밀고 나가야 했다. 그런데 허파에 바람만 잔뜩 들어 있는 극성스러운 셋째 시누이 수잔의 적극적인 개입이 시작됐다.

"킴벌리! 이리와 봐. 네가 입을 결혼식 예복이야. 괜찮지? 겨우 삼천 불이래. 촌스럽게 눈 휘둥그레 뜨지 마! 일생에 많이 해봤자 한두 번 하는 결혼식인데 돈 삼천 불이 문제야? 나도 빚 얻어서 결혼식 근사하게 했어. 그러니 결혼식 비용을 조금은 빚을 얻어서 해."

수잔은 부탁도 안 했는데 열심히 결혼 자원봉사 코디네이터로 토론토의 유명한 웨딩숍을 하루에도 서너 군데씩 데리고 다녔다. 수잔은 결혼식에 영국의 왕자비 다이애나처럼 백마가 끄는 마차는 안 탔어도, 1930년대 포드 차를 빌려 그리스로 신혼여행을 가기 위해 공항까지 타고 갔던 사람이었다. 그녀의 부담스러운 수다와 압력은 끝내 우리를 아무도 모르게 시청에 가서 결혼서약만 하도록 유도했다. 빚을 지면서까지 하얀 웨딩드레스에 연연해서 결혼식을 할 이유를 우리는 찾지 못했기 때문이다.

형식보단 실질적인 결혼이 더 중요하다 느꼈다. 그래서 토론토 시청에 결혼서약을 하러 한국에서 고등학교 다닐 때 입었던 유행 지난 원피스를 깨끗이 세탁해서 입은 신부와, 빛바랜 낡은 코르덴 재킷을 입은 신랑이 전차를 타고 갔다.

모든 동료가 일하는 이른 오후라서 우리는 직장 동료들을 증인으로 대동할 수가 없었다. 그래서 우리보다 15분 먼저 결혼서약을 하고 나온 젊은 부부에게 염치 불고하고 증인을 부탁했다.

"저어, 결혼서약 증인을 못 데리고 나왔어요. 우리 증인이 되어 주시겠습니까?"

시청에서 서약으로만 결혼식을 올리는 같은 처지를 이해할 수 있어서 그런지 그 신혼부부는 흔쾌히 우리의 결혼서약 증인이 되어 판사 앞에 서주었다. 판사가 우리 앞에 서서 자신을 따라 하라고 했다.

"자아~ 나를 따라 말하세요. 아플 때나 슬플 때나 나 김영희는 쟌 하울을 법적인lawful 남편으로 받아들임을 선서합니다."

판사의 말소리가 내 귀에는 모기가 한 마리 들어가 있는 것처럼 잉잉 소리로 들렸다. 그래서 법적인lawful이라는 단어가 헷갈려 버렸다.

그래서 나는 이렇게 말하고야 말았다.

"나 김영희는 쟌 하울을 지긋지긋한awful 남편으로 받아들임을 선서합니다."

맙소사! 나는 어처구니 없게도 지긋지긋하다는 뜻의 단어인 어풀로 발음을 해버린 것이다. 그랬더니 어풀과 러풀이 짬뽕이 되어 시작한 결혼서약 때문에 근엄하고 엄숙해야 할 결혼서약식장은 여기저기서 끽끽거리는 웃음소리로 메워졌다. 주례를 서는 판사는 눈가에 눈물이 스며날 정도로 커다란 웃음을 참아야 했다. 증인으로 참석한 신혼부부 또한 손으로 크게 터지는 웃음을 막느라고 입을 틀어막고 있어 잠시 결혼서약식이 지연이 될 지경이었다. 그리고 몇 초 후 어이없는 실수로 흠뻑 젖은 웃음을 뒤로 하고 판사의 마지막 선언이 이어졌다.

"이제 두 분은 온타리오 정부 결혼법에 의거해서 정식 부부임을 선언합니다!"

증인을 서준 신혼부부에게 고맙다는 말과 시작은 비록 이렇게 하지만 부디 행복하게 잘 살라는 격려를 나누었다. 그리고 함께 화창한 하늘을 바라보면서 서로의 행복을 빌어주었다.

드디어 우리는 정식 부부가 되었다. 비싼 부케 하나 들려 있지 않은 신부의 손 위에 포개져 있는, 싸구려 10K 금반지 하나 끼어 있지 않은 신랑의 하얀 손을 잡았다. 우리의 신혼여행은 일 불 팔십 센트를 주고 전차를 타고 블루어 한국촌 내에 있는 내고향 식당으로 가는 거였고 그곳에서 깍두기와 설렁탕으로 그럴싸한 호텔 피로연을 대신했다.

동거도 사실혼으로 인정을 해주고 결혼한 여성이 남편 성을 따르지 않아도 되는 새롭게 개정된 혼인법의 원년을 맞이하여 우리는 슬픔 속에서도 소망을 가질 수 있는 파트너가 되었다. 비록 눈부신 순백의 웨딩드레스와 까만 연미복과 백마가 끌어주는 웨딩 마차는 없었지만, 뜨거운 열정과 무엇이든지 할 수 있다는 믿음으로 서로의 손을 꼭 잡고 첫 항해를 시작했다.

✳ 미약한 시작

천 리 길도 작은 한 발자국을 내디딜 때 가능한 것처럼 미약한 시작이라도 일단 시작하는 것에는 커다란 의미가 있다고 믿는다.

결혼을 하자마자 임신을 했다. 그리고 그 몸으로 여름 학기에 등록을 하고 낮엔 비서로 일하고 밤엔 센테니얼 칼리지에서 회계학 강의를 들었다. 방사선과 전문의 비서로 일을 하면서 아픈 사람들을 보니 내 모든 에너지가 한 점도 없이 쪼옥 빠져나가는 느낌을 받았다. 1980년대 초부터 북미에서는 에이즈가 번져 나갔고 내 일터는 미혼모, 에이즈 환자, 동성연애자, 길거리의 여인들이 많이 거주하는 동네에 있었다.

어떤 이들은 술 취한 얼굴로 임신한 것 같다고 가정의를 달달 볶아 두 달에 한 번씩 순회공연 하듯이 임신 여부를 알려고 초음파 검사를 하러 왔다. 그리고 에이즈 검사를 하러 동성연애자들과 솜털도 가시지 않은 십 대의 미혼모들도 들끓었다. 그들을 돌보는 일을 하면서 나는 방사선과 전문의 비서직은 오래 할 직업이 아니라는 것을 알았다.

그래서 무엇을 전공해야 하나? 하고 나 자신을 분석해 보니, 한국에서 경복여상을 나왔고 그곳에서 재미있게 배운 상업 부기 과목이 생각났다. 또한 어릴 적 과일 장사를 하시던 부모님이 자리를 비워 가끔씩 혼자서 사과를 팔 때 곧잘 돈 계산을 했던 생각이 났다.

큰오빠가 "영희야, 팔 더하기 구는 뭐니?"하고 물어보면 대답을 할 수 없을 정도로 학교에서 배운 산수는 거의 빵점이었지만, "팔백 원 더하기 구백 원은?"하고 물어보면 "천칠백 원!"하고 잽싸게 대답을 할 수 있었다. 그래서 큰오빠가 너는 셈할 때 무조건 화폐 단위인 '원'을 붙이라고 할 정도였다.

그래서 나는 회계학이 잘 맞을 것 같아서 회계학을 전공하기로 했다. 온종일 일을 하고 나서 임신한 몸으로 전철을 타고 또 버스로 갈아타서 학교에 가 공부를 하고, 늦은 시각 집으로 돌아오는 길은 몸은 고단했지만 너무나 행복했다.

온종일 위에서 항문까지 엑스레이를 찍기 위해 환자들이 바닥에 흘려놓은 약품을 청소하면서 투덜대는 병원 동료가, 꿈을 향해 나처럼 이렇게 즐겁게 공부했을까? 하며 의기양양해할 정도로 공부는 너무 재미있었다.

나와 같이 수업을 듣는 학생들은 부모가 해주는 밥을 먹고 편하게 낮에 공부하는 젊은 학생들과는 달랐다. 야간반은 온종일 나처럼 일을 하고 좀 더 나은 미래를 위해 졸린 눈을 비비면서 교수의 강의를 숨 한번 크게 쉬지 않고 듣고 빼곡히 노트에 적는 학생들이었다. 그래서 그런지 교수들도 야간반을 가르치기가 훨씬 수월하다고 했다. 누가 시켜서 온 것이 아니라 자진해서 온 학생들이라 배우려고 하는 열성이 대단했다. 그들과 함께 꿈을 나누며 공부하던 그 순간은 지금도 가슴에서 살아 숨 쉬고 있는 듯하다.

맑은 샘물처럼 목마름을 해갈시켜 주는 배움 덕에 배가 남산처럼 점점 불러오는데도 몸과 마음은 새털처럼 가벼웠다. 일주일에 세 번 강의를 들어야 하는 여름 학기를 무사히 마치니 토론토의 가로수가 알록달록한 아름다운 단풍으로 채색되어 가기 시작했다. 마치 하나의 결말이 또 다른 시작임을 깨우쳐 주듯이……

✳ 나의 첫 사랑 메쑤

한 소중한 생명이 다른 사람도 아닌 보잘것없는 내 몸을 빌려 이 세상에 나온다는 자체만으로 내 삶은 너무나 영광스럽게 업그레이드되는 것 같다.

안락한 2층 방에서 시작한 신혼의 재미가 들에 익은 황금색처럼 풍성해질 무렵 짜리몽땅한 내 몸매는 더욱더 두리뭉실해졌다. 해산 후 다시 복직하라는 전문의의 따스한 마음만 받고 출산 예정일 이틀 전까지 일을 한 후, 나는 방사선과 전문의 비서직에 종지부를 찍었다. 차디찬 토론토의 매서운 바람이 코트 자락을 에워싸는 어느 날 저녁 드디어 진통이 왔다.

"아이고!"

"왜 그래?"

"암만해도 진통이 시작됐나 봐."

"그래? 잠깐만 기다려."

허리가 주기적으로 아프다는 아내의 말에 지레 겁을 먹은 남편은 득달같이 병원에다 전화를 해댔다. 진통이 10분에 한 번씩 올 때까지 병원에 오지 말라는 냉정한 간호사의 지시에 한풀 꺾여 개미 목소리로 말해준다.

"진통의 주기로 봐서 애가 나오려면 아직도 멀었대."

저녁 7시부터 시작한 진통은 다음 날 새벽 동녘이 부스스하게 창문에 스며들 때가 돼서야 5분 간격으로 왔다.

"여보, 아무래도 병원에 가야 할 것 같지?"

"쟌, 잠깐만 기다려. 그래도 목욕 좀 하고 머리도 만지고 가야지. 머리에다 까치집을 지은 채로 병원에 갈 수는 없잖아."

애 낳으러 가는 여자가 무슨 미인대회에 나가는 것처럼 정성스럽게 단장을 했다. 택시를 부르는 남편 뒤로 보이는 창문 밖에는 첫눈이 내리고 있었다.

"이런 날은 택시 부르면 조금 늦어질 텐데."

"길 막혀서 택시운전사 보는 데서 애 낳으면 어떡해!"

"이런 날은 길 안 막히는 전철이 최고야!"

전철을 타고 병원에 가자는 내 제안에 남편은 혹시나 창피하게 많은 사람이 보는 앞에서 애를 낳아 오늘 저녁 뉴스를 장식할까 봐 그런지 어쩔 줄 몰라 하며 망설였다. 사십 파운드 체중이 늘어난 나였지만 뒤뚱거림 없이 물 찬 제비처럼 잽싸게 전철역으로 향했다. 눈길에 미끄러진다고 천천히 가자는 남편의 말을 뒤로 한 채 남편보다 삼십 미터 더 앞장서서 어슴푸레한 어둠 속을 달려갔다.

"여보! 빨리 와. 무슨 남자가 그렇게 달리기도 못해!"

이른 출근길이었지만 전철 안에는 꽤 많은 사람이 앉아 있었다. 오만가지 인상을 다 쓰는 배부른 여자와 식은땀을 흘리며 알록달록한 촌스러운 가방을 꽉 쥔 남자의 출현은 느긋하게 출근길을 오르려고 하는 사람들을 순식간에 초긴장 속으로 휘몰아 넣었다. 양수가 터져 전철 안을 물바다로 만들지나 않을까 하는 노파심에 여기저기서 사람들이 슬그머니 일어나 먼 곳으로 옮겨 앉았다. 그래도 우리는 아랑곳하지 않고 진통 주기를 재는 데 정신이 없었다.

"아! 또 와! 또 와!"

"여보, 시계 봐봐! 진통 주기가 몇 분이야?"

성 마이클 병원 문턱을 넘어서자마자 벌렁 나자빠진 침대 위에서 악악 소리를 질러대는 부인을 달래려 남편은 땀띠가 날 정도로 진땀을 뺐다.

"여보, 조금만 참아. 두어 시간만 있으면 된대."

"야! 너도 한번 낳아 봐."

애매하게 잡힌 남편의 멱살을 움켜쥐고 발악을 했다. 그러나 발악의 효과도 없이 33시간이 지난 후 제왕절개를 하고 유달리 머리가 큰 아이가 세상 빛을 보게 됐다. 아기는 어제 새벽에 전철역까지 단거리 마라톤을 한 극성스런 엄마와의 첫 대면을 위해 단춧구멍 같은 눈을 필사적으로 뜨려고 했다. 나는 이제 이 아이를 위해 옛날 삼베밭에서 죽기 아니면 까무러치기로 혼자 태를 가르신 할머니들처럼 억척스러운 엄마가 되어야만 했다.

　'아들아! 너의 삶 속에 흔들리지 않는 뿌리 같은 엄마가 될게. 세상 살이가 팍팍할 때 든든한 바람막이도 되어 주마. 미국 추수감사절에 나온 메쑤야~, 엄마에게 너의 탄생은 김이 솔솔 올라오는 갓 구운 칠면조 고기처럼 훈훈하게 옛날 한국 여인네들의 인내와 끈기의 길을 걸어가야 한다는 각오를 다지게 해주었단다.'

✳ 캥거루 주머니에 아기를 안고

내 삶은 남들과 너무 다른 시간표를 가지고 있는 듯하다. 남들이 학업을 다 마치고 결혼을 하고 육아를 할 때, 나는 결혼을 먼저 하고 육아와 동시에 학업에 매진하는 걸 보니 말이다. 시작도 하지 않는 것 보단 늦게라도 시작하는 것이 나에겐 과분한 기회라고 생각했다. 그 래서 경쟁자 없이 혼자서 요~~이땅! 하면서 출발할 수 있었다.

출산을 한 후 다시 오전 9시부터 오후 5시까지 일을 한다는 것은 육아 면이나 경제적인 면에서나 그리 현명한 선택이 아닌 것 같았다. 나는 아이와도 함께 시간을 보내고 싶었다. 아이가 다 크고 나면 시간 을 되돌려 다시 신생아로 돌아갈 수도 없고, 베이비시터 수고비를 주 고 나면 하나도 남는 게 없을 것 같아 아이가 유치원에 갈 때까지는 내 손으로 키우기로 했다.

그래서 배운 게 도둑질이라고 주중에 남편이 퇴근해서 돌아오는 오후 6시 반부터 식당에 나가 웨이트리스를 밤 11시 반까지 하기로 했다. 시청에서 선서만 해서 쓰지 않았던 결혼식 비용과 열심히 둘이 벌어 저축한 돈을 합치니 밴쿠버에서 토론토로 이주한 지 1년 만에 우리는 상자로 만든 인형 집 같은 방 한 개짜리 집을 살 수 있었다. 모자라는 돈은 융자를 얻었다.

아이들이 큰 소리로 울고 웃고 뛰어다닐 수 있게 하고 싶어서 개인 주택을 마련했더니, 남편이 혼자 벌어 오는 수입으로는 주택담보 대출금을 매달 상환하고 나면 식비로 쓸 수 있는 돈도 없었다.

낮에는 내 아이와 남의 아이들까지 함께 돌보며 베이비시터로 일을 했다. 남의 집 아이들이 돌아간 오후 5시 반에는 급하게 아들을 캥거루 주머니에 넣고 전철을 타고 내가 일하는 식당이 위치한 토론토 중심의 베이Bay 지하철역으로 향했다. 그리고 토론토의 서쪽 끝에서 일하다 퇴근하고 돌아오는 남편을 역에서 기다렸다. 전철역에서 남편을 만나 아들을 건네주면 남편은 나 대신 아들을 캥거루 주머니에 넣고 토론토 동쪽에 있는 집으로 전철을 타고 돌아와 아이를 목욕시키고 밥을 먹인 후 잠을 재웠다.

지하철역에서 남편을 만나 아들을 넘겨주고 바로 일하는 식당으로 갈 수 있어 직장에 한 번도 지각을 해본 적이 없었다. 추운 겨울에 두꺼운 겨울옷 속에 아이를 감싸 안고 모자와 스카프로 온 얼굴을 꽁꽁 싸매 눈만 내놓고 남편을 기다리다 보면 가끔씩 내가 걸인인 줄 알고 오해를 할 때도 있었다. 갓난아이와 한 곳에 서 있는 것이 딱해 보였는지 인정 많은 캐나다 사람들이 돈을 주려고 하다가 내가 '노! 땡큐!' 라고 사양을 하면 얼른 미안하다고 사과를 하고 갈 때도 있었다.

일을 안 하는 토요일엔 아침부터 오후까지 토론토 시내에 있는 조지 브라운 칼리지(George Brown College)에서 회계학을 계속 수강하면서 4년제 대학으로 진학할 준비를 했다. 드디어 칼리지에서 할 수 있는 만큼 회계학을 이수하고 나니, 라이어슨 대학(Ryerson University)에서 입학 허가를 내주었다.

나 같은 만학도들에겐 대학 졸업 후 공인회계사 자격증을 따는 게 더 실질적이다. 그래서 학구적인 분위기보단 교수대 학생 비율이 낮고 다년간의 실전 경험을 학생들에게 나눠 줄 수 있는 라이어슨 대학이 최적의 선택인 것 같았다. 파트타임으로 학사과정을 신청하니 육아와 일을 하면서 전 과정을 마칠 수 있게 최대 15년이라는 기간을 허락해주었다.

산천이 몇 번씩 바뀔 수 있는 짧지 않은 긴 학사기간을 허락받고 용감하게 아들을 낳은 후 바로 2년 뒤에 딸을 순산했다. 그 후 3년 뒤인 내 나이 스물여덟 살이 되던 해에 막내딸을 낳으면서 학사과정보다 먼저 여자들의 특혜인 출산 과정을 졸업했다.

✳ 초록 눈 남편이 끓여준 해산국

산모는 미역국을 먹어야 한다지만 미역국을 먹을 수 없을 땐 무엇을 먹어야 할까? 몸살에는 그래도 국물이 최고인데 뭘 해먹을까?

감기 몸살로 으스스한 날에 남편의 두꺼운 하우스 코트로 몸을 꼭꼭 감싸 추스르면서 부엌으로 가다가 갑자기 내가 먹었던 해산국이 생각나 피식하고 웃음이 나왔다. 둘째 아이를 낳았을 때 얻어먹었던 남편이 해주었던 그 국이 생각난 것이다.

토론토에 아는 사람이 많지 않던 시절에 둘째를 낳았다. 토론토 중심가에 위치한 성 마이클 병원에서 제왕절개로 둘째를 낳았을 때, 병실 룸메이트가 한인 산모였다. 그녀는 시어머니가 떡두꺼비 같은 손자를 낳아준 며느리를 위해 끓여온 미역국을 맛있게 먹었다. 그 모습을 보니 그동안 잊고 살아왔던 한국의 풍습이 생각났다.

첫째를 낳았을 때는 독방에서 혼자 회복을 하고 일어났다. 병원에서 나오는 음식을 혼자 먹다 보니 해산 후 미역국을 먹어야 한다는 생각조차 하지 못했다. 하지만 둘째를 낳았을 때 2인실에 함께 있었던 한인 산모가 먹어 보라는 말도 하지 않고 혼자 미역국 먹는 소리가 얇은 커튼을 넘어 들려오니 마음까지 서러움으로 가득 찼다.

그래도 병원에 있던 일주일 동안엔 이것저것 가리지 않는 먹성 때문에 괜찮게 나오는 병원 음식으로 그럭저럭 보낼 수 있었다. 그런데 퇴원을 하고 어두침침한 집으로 돌아와 알량한 전기담요로 썰렁하게 해산구완을 해야 할 처지에 놓이니 신세타령이 봇물 터지듯 나왔다.

한국 여인들의 정서와 관습을 모르는 남편은 과학적인 사고방식으로 호르몬이 바뀌니 저렇겠지 하며 어깨를 토닥거려 주기만 했다. 그래도 서러움에 복받친 울음이 자정이 다되도록 끊이지가 않자, 우는 원인을 꼬치꼬치 자상하게 물어보았다.

"흑흑, 한국에서는 애 낳은 산모는 미역국을 먹는단 말이야. 흑흑. 미역국 그게 그냥 피를 맑게 하고 모유가 잘 나오게 하는 건 줄 알았는데, 인제 보니 마음의 풍요한 젖과 마음의 피를 맑게 하는 한국적인 정서였어! 무슨 말인지 알아듣겠어?"

나는 애매한 코만 인정사정없이 풀어댔다.

"알았어, 당신이 원하는 거 다 해줄게."

방에서 나간 남편이 누구랑 얘기하는 소리가 얇은 베니어판 너머에서 들려 왔다.

"미세스 황, 정말로 죄송해요. 이렇게 자정에 전화를 걸어서……. 제 와이프가 미역국이 너무나 먹고 싶어서 온종일 눈물을 흘렸는데 제가 그걸 지금 만들어 주고 싶어요. 끓이는 방법을 알려 주시면 감사하겠습니다."

훌쩍거리던 콧물이 말라가고 잠이 들락 말락 할 때 남편이 나를 깨웠다.

"여보, 일어나 봐. 당신이 먹고 싶어 하는 미역국 끓여 왔어."

"벌써?"

아기 낳기 전에 멀리 있는 한국 식품점에 버스를 타고 가서 사다 놓은 미역은 있었지만, 미역국을 끓이려면 미역을 좀 불려야 할 텐데……. 남편은 얼굴 가득 웃음을 싣고 허연 쌀밥과 미역국 한 그릇을 쟁반에 담아 침대로 가지고 왔다. 남편이 자신 있게 만들어온 미역국을 본 순간, 내 머릿속은 퍼즐로 가득 찼다. '이 남자가 미역을 믹서기에 갈았나?'하고 말이다.

한 숟가락 떠보니 그건 치아와 잇몸이 부어 있는 산모를 배려해서 먹기 좋게 미역을 갈아서 만든 미역국이 아니라 김국이었다. 하지만 그럴싸하게 볶음용 멸치도 집어넣고 곱게 다진 마늘은 아니더라도 구색을 갖춰 뭉툭하게 자른 마늘도 넣어 만든 산모용 김국이었다.

'그래! 김국이면 어때. 미역국 사촌인데!'

짙은 초록 눈 남편이 머리털 나고 처음으로 만들어준 김국이 입안으로 부드럽게 넘어가는 동안, 소금기가 전혀 없는 국물은 이역만리에서 친정 식구 하나 없이 해산한 후 서러움에 복받쳐 활짝 열린 눈물샘을 응급 처리해서 막아줬다. 사랑이 듬뿍 담긴 해산국이었다.

셋째 아이를 낳았을 때는 여섯 살 때 한국을 떠나온 친구가 해산구완을 해준다고 미역국을 끓여 커다란 들통에 가득 담아 들고 찾아왔다.

"아니 웬 미역국이 이렇게 많아? 다 먹으려면 1년은 걸리겠네!"

"응, 킴벌리가 둘째 낳고 미역국 못 먹어서 많이 울었다는 이야기를 들어서 이번엔 울지 말라고 내가 미역국 많이 끓여 왔어."

친구가 들통 뚜껑을 열어 보였다.

"아이고 맙소사! 이건 미역이 아니라 다시마잖아!"

"이게 미역 아냐?"

"응, 이건 미역이 아니라 다시마라는 거야!"

초등학교도 들어가기도 전에 부모 따라 이민 와서 한글도 읽을 줄 모르는 친구는 한국 식품점에서 말린 다시마를 미역인 줄 알고 사가지고 왔다. 그리고 소고기도 푸짐하게 썰어 넣고 마늘도 듬뿍 다져 넣어 푹 끓여 나를 위해 가져온 것이다.

"근데 킴벌리, 미역하고 다시마하고 뭐가 다른데?"

언젠가 이 친구가 '기똥차'라는 말을 듣더니 "킴벌리, 왜 귀에 똥이 차지?"하고 물어 왔던 순수함이 이번에도 다시 드러났다.

다섯 살 난 아이처럼 순진하게 되물어 오는 친구의 해맑은 눈동자엔 들통 가득한 다시마 국처럼 진심 어린 우정이 찰랑댔다. 그녀가 보여준 정성이 너무나 고마워 마지막 국물 한 방울도 남기지 않고 아침, 점심, 저녁 세끼를 꼬박 일주일 동안 먹었더니, 제왕절개 세 번으로 너덜거리는 아랫배에 힘도 주지 않고 시원하게 용변을 너무 잘 봤다.

귀똥찬 친구 덕에 기쁨의 눈물이 터지는 행복한 해산구완이었다.

✸ 메주, 쏘세지, 맨드라미

　내 이름은 김영희, 길 영에 밝은 희다. 그리고 영어 이름 킴벌리는 외국에서 온 사람이라는 뜻을 가졌다. 우리의 이름에는 부모님의 순수한 염원이 온전히 들어 있다. 그러기에 우리는 이름값을 하고 살아야 하는 것 같다.

　비록 전철을 타고 다리품을 많이 팔았어도 무사히 병원에 가서 낳은 건강한 아들이기에 하나님이 주신 선물이라는 뜻을 가진 '메쑤'라는 이름을 지어 주었다. 그러면서 부모님이 나와 오빠 셋의 이름을 지으며 어떤 염원을 하셨을까? 하는 생각을 해보았다.

　노점에서 과일을 팔던 어머니가 노점상 단속에 걸리면 경찰서에서 종종 구류를 사셔서 그런지 어머니는 큰아들이 장성해서 대통령보다 더 늠름해 보이는 경찰이 되기를 소원하셨다고 한다. 아마 집안의 대들보가 되어 집안을 세우길 바랐기에 세울 '기'로 이름을 지어주신 것 같다. 그리고 둘째 오빠를 출산하고 이틀 만에 해산 부종으로 퉁퉁 부은 몸을 이끌고 부산에서 기차를 타고 서울로 상경하셨다. 그 후 피할 수 없는 가난과 배고픔에 쥐를 잡아 아이들에게 먹일 정도로 지긋지긋한 삶을 이어나갔다. 그래서 배곯지 말라고 기원하는 마음으로 이름에 먹을 '식' 자를 넣어 주시지 않았을까? 하는 생각을 하니 새 생명의 일생과 함께할 이름을 잘 지어줘야겠다는 생각이 들었다.

친정어머니께 아이들이 건강하게 잘 태어났다고 연락을 했을 때의 일이다.

"엄마, 내가 보낸 아기 사진 봤지?"

"그려, 고 자식 차암 대추 방망이처럼 잘생겼더라. 그래 애 이름이 뭐여?"

"메에쑤Matthew."

"뭐여? 메주?"

"엄마, 메주가 아니고 메에쑤!"

"맷쭈나 메주나 그게 매한가지네 뭐. 아니! 아기 이름이 그게 뭐여? 이름이 그래서 그런지 어째 지금 다시 보니까 애가 쬐끔 메주같이 생겼다야."

"엄마, 그 이름이 얼마나 좋은 이름인데! 한국 발음으로는 마태야. 성경책에 마태복음이라는 것도 있잖아."

'가는귀가 먹은 노인네한테는 메쑤나 메주나 매일반이니 포기하자.'

"아기 잘 키우고 몸조리 잘하고 알았지?"

"네에."

"엄마! 나 이번에는 딸 낳았어!"

"아기는 건강하지?"

"응."

"아기 이름이 푸랭키야."

"뭐? 후랑키?"

"정식으로 말하면 프랜시스인데 짧은 말로 푸랭키라고 불러."

"야! 이름이 그게 뭐여. 그렇게 애 이름을 지을 게 없어서 쏘세지 이름이 뭐여? 여기 아이들 도시락 반찬으로 쓰는 후랑키 쏘세지가 뭐여. 참! 너희들 애들 이름 더럽게 못 짓는다! 좀, 예쁜 이름 좀 지어주지, 원."

엄마는 막내딸 이름은 그나마 마음에 들어 하셨다.

"막내는 조금 예쁜 이름을 줘줬냐?"

"응, 막내 이름은 앤드리아야. 예쁘지? 엄마!"

"고건 쬐끔 괜찮다야, 꽃 이름이니까 맨드라미, 외우기도 괜찮고……."

영어 하는 백인 사위 둔 덕에 외할머니의 영어 실력도 '땡큐 베리 마치!'가 망치로 때려라가 아니고 고맙다는 말이라는 것을 알게 될 정도로 영어 실력이 부쩍 늘어가셨다. 그래서 사위를 만나면 한국말로 "어서 오시게, 어서 앉으시게"하고 말씀하시는 대신 "시이-잇 다운"

142

으로 말하실 정도가 되셨다. 그때쯤엔 아이들의 영어 이름 발음이 발전에 발전을 거듭해 메주가 멧쭈가 되고 후랑키는 후랭끼로, 맨드라미는 앤디리로 발음해 우리 귀에 익숙해졌다.

아이들은 한국 이름을 지어달라고 성화다. 그리고 서로에게 한국 이름을 지어 주겠다고 아이디어를 내어 불러대며 히히덕거린다.

"헤이 메쑤! 너는 어렸을 때 오줌을 많이 쌌다고 하니 오줌싸개는 어때?"

"그럼 푸랭키, 넌 변비가 심하니 네 한국 이름은 똥싸개다. 낄낄낄 낄낄."

"앤드리아는 노상 종알대니, 시끄러! 야! 임마!로 하자. 낄낄."

그래! 50%는 한국인의 피가 흐르니 너희도 한국 이름을 가져야지!

메쑤 이름은 영국의 넬슨 제독도 따라갈 수 없는 전략가이자 충신인 이순신 장군 이름을 따라서 '순신'이다. 나라와 이웃을 위해 충성을 다할 수 있는 그런 사람이 되길 바란다. 그리고 푸랭키의 한국 이름은 '자유'다. 그건 진정한 자유가 모든 역경에 승리할 수 있기 때문이다. 푸랭키의 인생이 진정한 자유로 꽉 차기를 바란다. 앤드리아는 '지혜'라고 지었다. 돈과 명예보다 지혜를 가진 사람이 되어서 진실한 빛을 세상에 온전히 발하기를 바란다.

오늘도 나는 순신, 자유와 지혜가 주어진 이름의 뜻대로 진솔한 삶을 살아가길 바라며 고개를 깊이 숙이고 두 손 모아 기도한다.

✽ 때려쳐!

가끔씩 우리는 내가 할 수 없기에 남들도 당연히 할 수 없다고 믿고 싶을 때가 있는 것 같다. 그래서 좀 열심히 노력하는 사람의 돌출된 모습을 볼 때 그것이 눈엣가시처럼 자존심을 건드리는 것 같아 돌이킬 수 없는 막말을 할 때가 있는 것 같다.

굼벵이가 한 시간에 겨우 20센티미터밖에 못 기어가는 것처럼 느릿느릿 15년이라는 학사과정을 하고 있는 내 모습이 성격 급한 한인들에겐 답답하게 보였나 보다. 그래서 항상 공격적인 질문을 나에게 해댔다.

"메쓔 엄마가 지금 공부해서 의사가 될 거야? 변호사가 될 거야?"

"그냥 때려치우고 애들이나 잘 키우지."

"저요? 공인회계사가 될 건데요!"

하고 내가 한 점 주저 없이 대답을 할 때면 '엉! 네가? 놀고 있네'하고 침묵의 대답을 해주는 사람들이 참 많았다.

쟁쟁한 국비 장학생으로 캐나다로 유학을 오신 분이니 겨우 여상 출신인 내가 자신들이 잃어버린 꿈을 손아귀에서 놓지 않자 마음이 복잡했던 것 같다. 코피 터지게 공부를 해도 육아와 출산으로 인해 꿈을 놓을 수밖에 없는 경험을 한 후 에라 모르겠다! 하고 장사의 길을 걸어오신 분들, 그런 분들 눈에 나는 현대판 돈키호테의 표본처럼 무모해 보이는 것이 당연했다.

하지만 아무도 나의 열정과 확신을 믿어 주지 않아도 나는 해낼 수 있을 것 같았다. 나는 다른 한인들처럼 가게를 열 밑천은 없었다. 하지만 밑천이 따로 필요 없는 시간과 나 자신과의 싸움에서는 이길 배짱이 있었다.

캐나다에서 학업을 계속하면서 느낀 점은 모든 과제나 시험이 내가 알고 있는 지식을 현실에 적용하여 얼마만큼 잘 쓸 수 있는가를 테스트해보는 데 중점을 두고 있다는 것이다. 그리고 머릿속에 들어 있는 지식의 부족함을 측정해서 등급을 매기는 것이 아니라는 것도 알게 되었다. 그래서 말도 안 되는 다양한 생각을 리포트에 써서 내도 교수님들은 맨 뒷장에 '너의 획기적인 아이디어에 찬사를 보낸다! 정말 흥미로운 리포트였다'라는 격려의 평과 함께 기대한 것보다 높은 점수를 후하게 주셨다.

나는 공장에서 찍어낸 제한된 규격에 맞춰진 생각을 하지 않아도 개성을(One of a Kind-세계에서 단 하나밖에 없는) 존중해 주는 학업 분위기가 너무 좋았다. 그런 교육 환경 때문에 한국에서 대학 교육을 받은 사람보다 내가 더 캐나다 학습 방법에 탁월하게 적응할 수 있다는 믿음을 갖게 되었다. 그래서 '때려쳐!'라고 충고를 해주시는 이민 선배들의 조언을 쉽게 무시할 수가 있었다.

시간이 흘러 회계사가 된 나의 근황을 신문이나 뉴스를 통해 가끔씩 전해 들었을 때 '때려쳐!'를 신봉하던 그분들은 무슨 생각을 하셨을까? 가까운 이웃집에 살면서 '때려쳐!'를 합창하던 아들 친구 엄마를 우연히 슈퍼마켓에서 만났다. 오랜 세월이 흘렀기에 나는 그 엄마를 단번에 알아보지 못했는데, 그분은 나를 금방 알아보고 반갑게 인사를 했다.

"어머, 메쑤 엄마! 메쑤 엄마가 회계사 됐다는 소식 접했어요! 축하해요!"

"이게 얼마 만이에요? 20년이 다 되어 가네요!"

나 또한 너무 반가웠다. 그런데 슈퍼마켓에서 시간제 점원으로 일하는 그녀가 가느다란 손으로 건네주는 잔돈을 받고 나올 때 만감이 교차했다. 주마등처럼 오래된 기억들이 아스라이 떠올랐다. 그녀는 정말 똑똑하고 영어도 잘하는 비즈니스 우먼이었다. 그녀의 당찬 모습, 부지런한 그녀가 예쁘게 꾸며 놓았던 작은 가게, 야무지게 육아를 하던 시원시원한 성격……. 참 보기 좋았드랬다.

이제 그분도 다시는 삶의 어떤 부분에서도 때려치우지 않기를 바라면서 한국 식품이 가득 들어 있는 쇼핑백처럼 무거운 발걸음을 집으로 돌렸다.

❇ 나를 통해 네 인생을 살지 마!

우리는 자식들을 통해 이루지 못한 꿈을 이루려고 하지 않나? 그래서 아이들에게 내 꿈을 업고 가라고 달달 볶고 있지 않나? 또는 배우자를 통해 내 삶을 업그레이드하면서 대리만족 속에 살고 있지 않나?

고만고만한 쥐방울만 한 아이들 셋을 키워 가면서 일주일에 두 번 가서 듣는 강의로 10년을 세월아 내월아 하며 끌고 왔다. 학부에서는 15년 동안 파트타임으로 공부할 수 있게 배려해줘서 나는 아이들 서넛 낳은 뚱뚱한 아줌마의 넓다란 치마폭처럼 넉넉한 시간을 얻어 다양한 일을 하면서 학업을 병행했다.

아이가 하나일 때는 그런대로 아이를 들쳐 업고 남편을 지하철역에서 만나 식당에 나가 일을 할 수 있었으나 둘이 생기고 셋이 생기니 웨이트리스로 일을 할 수가 없었다. 그래서 방 한 개짜리 집을 팔고 방 세 개짜리 집을 사서 한국에서 어학연수 오는 젊은이들에게 하숙을 제공했다. 그리고 많은 보수를 받을 수 있는 국제회의 동시통역, 법정 통역 또는 교육부에서 학부모 통역 의뢰가 들어올 땐 베이비시터에게 아이들을 맡기고 통역사로 일을 해서 맞벌이를 했다.

남편 혼자 벌어 오는 수입이 많지가 않아서 나 또한 닥치는 대로 일을 해야만 했다. 그러다 어느 날 일이 터졌다. 그날도 남편이 퇴근하고 나서 아이들과 저녁을 먹는 평범한 날이었다. 남편이 직장에서 있었던 이야기를 해주었을 때,

"나 같으면 이렇게 했을 덴데……."

하고 내가 운을 떼니,

"회사도 안 다니는 여자가 뭘 알아?"

하면서 기분이 나빠진 남편은 무척 진지하게 폭탄선언을 했다.

"여보, 이제는 나를 통해 당신 인생을 살지 않았으면 좋겠어."

나는 그 말을 듣고 충격을 받았다. 하지만 남편에게 '무슨 뜻으로 그 말을 한 거야?'하고 꼬치꼬치 되물어볼 여유를 갖지 못하고 다만 온통 원통한 생각만 내 머릿속을 순식간에 꽉 채웠다.

'결혼 10년 동안 아이들 키우면서 집 대출 갚느라 얼마나 열심히 일을 했는데……. 남편처럼 매일 같이 직장에 가진 않았지만 나는 남편보다 더 많은 일을 했는데……. 내 이력서는 남편보다 더 긴 줄의 경력 사항을 쓸 수 있어. 가사 엔지니어, 육아를 담당한 엄마, 재정 설계사, 신뢰와 믿음의 동반자 등. 내가 너무나 많은 것을 이 남자에게 무상으로 제공했나? 그래서 이 남자가 내가 지금까지 해온 모든 일에 보너스를 듬뿍 주진 못할망정 디스카운트를 너무 많이 한 거 아냐?'

둘째 아이를 낳자마자 3주 만에 무릎까지 빠지는 눈길을 걸어 일을

나갔다. 늦은 시간까지 웨이트리스로 일을 하느라 수유를 제대로 하지 못해 퉁퉁 부은 젖가슴을 싸매면서 일을 했던 미련한 내 모습이 너무나 어리석게 느껴졌다. 밤새도록 별의별 생각이 들었다.

무슨 의도로 그런 말을 했을까? 교제하다가 싫증 나면 헤어지기 쉬워서 유부남들과 교제하는 캐나다 아가씨들이 많다는 풍문을 들었기에 난 '이 남자가 바람이 났나?' 하는 생각도 들었다.

10년 전 남편과 내가 시청에서 검은 머리 파뿌리가 될 때까지 살자고 한 약속이 하루아침에 허물어질 것 같은 위기의식이 들었다. 새날이 밝아 왔는데도 간밤에 열 받은 뒷목은 여전히 뻣뻣했다. 하지만 밤새 들쭉날쭉했던 마음이 아침이 되니 서서히 이성과 감정의 교차점을 찍으면서 어떻게 이 위기를 넘겨야 하는지 정리가 되었다. 그래서 도시락을 싸서 큰아이 둘을 학교에 보내고 나자마자 막내딸 손을 잡고 대학교 학사부 카운슬러랑 상담을 했다.

남편과 헤어져도 당당하게 밥벌이를 할 나를 만들어야만 했다. 아직도 파트타임으로 5년 남은 학사과정을 학기당 풀타임으로는 돌리면 1년 반만에 끝낼 수 있다는 카운슬러의 조언을 듣자마자 새로 시작하는 9월 학기는 풀타임으로 수강 신청을 했다.

'그래! 떠나갈 테면 떠나가라. 속물같이 바짓가랑이 잡고 찔찔 짜며 내 곁에 있어 달라고 애원은 하지 않을 거야.'

정신이 번쩍 들 정도로 갑작스럽게 찾아온 위기의식은 안일함에 잠시 넋을 놓고 산 나 자신을 재정비하게 해주었다. 학사 카운슬러가

육아를 해야 할 가정주부가 풀타임으로 공부하는 것은 무리하고 했지만 고집스럽게 일주일에 18시간을 강의 듣고 숙제하고 시험공부 하는 현실을 택했다. 하지만 해가 중천에 뜨기도 전에 후회 섞인 구시렁거리는 소리가 내 턱밑까지 차올라 깔딱 고개를 넘어가는 듯했다.

'괜히 남편한테 찍히지 않게 평소에 틱틱거리지 말고 고분고분하게 대해줄 걸…….'

하지만 다시 어제의 김영희로 되돌아갈 수는 없었다. 친구도 함께 성장해 가야만 친구로 남을 수 있듯이, 뒤처진 아내로 살아갈 때 난 남편에게 피로감만 주는 배우자로 남을 수밖에 없다. 그래서 같이 커가는 동반자가 되어야만 한다. 만약 힘들다고 이곳에서 주저앉으면 쓰디쓴 소태 씹은 후진 삶이 나를 기다릴 것만 같아 매일매일 주문을 외웠다.

"내일은 어떻게 될지 몰라……. 하지만 딱! 오늘 하루만 견디자(One day at a time.)!"

✱아들의 노! 팬티 사건

    요리 못하는 엄마에게는 음식 투정하지 않고 아무거나 잘 먹는 아이들이 있었다. 빨래 못해주는 엄마에게는 노팬티 아들이 있었고, 바느질 못해주는 엄마에게는 패션 디자이너를 꿈꾸는 딸이 있었다.

    어린아이 셋을 키우고 하숙집 아지매를 하면서 풀타임으로 학사 공부를 할 때, 내게 부족한 것은 삶을 획기적으로 바꾸고자 하는 열정이 아니었다. 오로지 시간이 부족했다. 하루 24시간을 28시간으로 늘리고 싶은 마음이 간절했다.

    집에는 돌봐야 할 어린아이들이 있고 하숙생들에게도 해줘야 할 일이 있다 보니, 도서관에 가서 차분하게 공부할 시간이 없었다. 집과 학교를 오가는 통학 길이 공부 시간이었다. 흔들리는 전철 안과 버스 속에서 노트를 읽다가 잠시 집중을 하다 보면 내가 내려야 할 역을 놓치고 종점까지 갈 때도 종종 있었다. 전철 안에서 얼마나 공부가 될까? 하는 의구심이 들 수도 있으나, 시간이 없다 보니 장소를 가릴 것 없이 아무데서나 학습 내용을 닥치는 대로 내 머릿속에 구겨 넣어야만 했다.

마지막 수업이 끝나면 부랴부랴 집에 가서 학교에서 돌아오는 아이들을 맞이하고 한국에서 온 하숙생 라이언에게 하숙 계약서 대로 저녁밥을 해줘야만 했다. 부산에서 온 라이언은 캐나다에서 10개월 동안 함께 지내온 하숙생이었다. 그러나 아무리 오랜 기간 함께 지내 왔어도, 라이언한테 하숙비를 받는 한 하숙집 아지매로서 최선을 다 해야 했다. 하지만 시험 기간엔 하숙생에게 양해를 구하고 아침에 돈 육 불을 손에 쥐어 주고는 한국 식당에 가서 푸욱 고아진 감자탕으로 대충 때워 달라고 부탁을 할 때도 있었다.

아이들에게 바지나 윗옷을 사줬을 때는 맞지 않는 바지 밑단이나 옷소매를 줄여 주지 못해 가끔씩 스테이플러로 찍어서 바지 길이나 팔 길이를 맞춰서 내밀었다. 그걸 입으라고 하면 아이들은 군말 없이 임시로 줄인 옷을 입고 학교에 갔다.

엄마가 제대로 옷 수선을 못해 주자, 둘째 아이는 스테이플러로 찍어 놓은 오빠 바지를 작은 손으로 꿰매주기 시작했다. 시험 때만 되면 시간이 없어 빨래를 못해 입혔다. 입을 옷이 없어 급하게 세탁기에 옷을 집어넣고 나서 빨래에서 썩은 냄새가 날 때까지 건조기에 넣는 것을 잊어버릴 때가 부지기수였다. 그래서 아들이 학교에 입고 갈 속옷이 없다고 할 때 우격다짐을 하면서 엄마 속옷을 입고 가라고 할 때도 종종 있었다.

"엄마! 오늘 입고 갈 팬티가 없어!"

"그래? 그럼 엄마 거 입고 가. 가운데 서랍 안에 있으니깐."

"엄마 팬티는 핑크빛이잖아!"

"인마, 어때! 누가 보니? 엉덩짝 있는 데는 내리지 말고 고추만 살짝 꺼내서 오줌을 누면 되잖아!"

굶주린 살쾡이처럼 표독스럽게 한 옥타브 올라간 엄마의 목소리에 기가 죽어서 아들은 더 이상 투정을 하지 않았다. 하지만 엄마의 빛바랜 핑크빛 속옷을 입고 학교에 가면 아이들의 놀림감이 될까 봐 그냥 맨살 위에 노팬티로 홑바지만 입고 학교에 갔다.

가는 날이 장날인 것처럼 시험 때만 되면 꼭 아이 셋 중에 한 명은 심하게 아팠다. 특히 둘째 아이는 천식기가 있어 자다가 갑자기 입술이 보라색으로 변하면서 숨을 못 쉴 땐, 자정이라도 남편이 아픈 아이를 데리고 어린이 병원으로 급하게 가야만 했다. 열두 살 미만의 아이를 혼자 있게 할 수 없는 법에 따라 나는 아이 둘과 집에 남아 걱정만 하고 있어야만 했다.

여섯 과목을 택하니 정신뿐만 아니라 시간적인 여유도 없었고 변수가 생기면 대책을 세우기도 어려웠다. 둘째 아이가 장염에 걸려 사흘을 밤을 새우고 나서 중간시험을 보니 낙제 점수를 받았다. 교수한테 가서 변명 같아도 형편을 말하고 기회를 한 번 더 달라고 부탁을 했다.

"교수님, 저는 아이 셋을 키우면서 학사 공부를 합니다. 그것이 제가 한 번 더 기회를 달라는 부탁을 하는 것에 정당한 이유는 되지 않지만……. 저의 학기말시험 점수가 좋으면 중간시험 점수를 학점에 반영하지 않을 수 있는지요?"

노처녀 교수는 '예스'나 '노'를 하지 않았다. 하지만 교수의 침묵을 나는 '예스' 대답으로 보고 낙제한 과목을 중간에 포기하지 않기로 했다. 학사과정을 지속해야 할지 말아야 할지 마지막 결단을 내리는 학기말시험이 코앞으로 다가온 시점에서는, 나는 아이들 엄마로서 육아 점수는 낙제 점수를 받기로 했다.

✳ 포기하고 싶을 때도 내 인생 브라보!

    삶이 정말 팍팍하다고 느낄 때는 종종 유년 시절에 만났던 길거리의 여인들을 떠올린다. 그럴 때마다 내가 겪고 있는 고생은 정말로 새발의 피라는 격려를 얻곤 한다.

    학기말시험이 다가오니 중압감은 말로 형용할 수 없을 만큼 커졌다. 특히 중간시험을 잘못 본 후라 더욱더 나 자신에게 혼란스러운 질문을 했다.

    '내가 너무 능력 밖의 공부를 하고 있는 걸까? 그냥 대충 2년짜리 프로그램으로 바꾸면 안 될까? 엄마 노릇도 제대로 못하고 공부도 지지리 못하는 등신! 담배를 피울 수 있다면 길게 내뿜는 한 모금 연기 속에 몽롱하게 혼란을 잠재울 수 있으련만!'

    늦은 시간 답답한 마음을 달래려 부엌 뒷문을 열고 깜깜한 하늘을 바라보면서 긴 한숨을 내쉬었다. 초겨울 밤하늘에는 반짝이는 별들이 촘촘히 박혀 있었다. 하지만 반짝이는 별들 옆에는 희미한 별들도 있었다. 있으나 마나 한 존재감 없는 희미함이 꼭 나의 현재 모습을 대변하는 듯하면서 어린 시절 만났던 기구한 인생의 여인들을 생각나게 했다.

아침 이슬같이 쉽게 말라버리는 드센 팔자를 갖고 태어난 여인들은 막내 이모와 동고동락하던 길거리의 꽃들이었다. 재력도 학벌도 쥐뿔 없는 깡촌 농사꾼 집안의 막내로 태어난 이모. 이모가 열일곱 살이 되던 해 맹장이 터진 것도 모르고 사흘을 방치해두어 맹장염이 자궁까지 번졌다. 꽃다운 나이에 자궁을 들어내 아기를 낳을 수가 없었던 막내 이모는 한 많은 인생을 사셨다.

현대 의료 혜택을 받아볼 수 없는 두메산골 생활이 지겨웠던 이모는 꿈을 잃어버린 여인이 되어 부평초 같은 삶을 선택했다. 그러다가 이모가 스무 살이 되었을 때쯤 오다가다 만난 서글서글한 눈을 가진 박 서방과 살림을 차렸다. 나는 다섯 살쯤에 이모와 살림을 차린 박 서방한테 일본말과 시계 보는 법을 배웠다.

하지만 이모는 눈이 큰 박 서방과 소독약 냄새가 진동하는 수돗물 한 그릇 퍼 놓고 맹세했던 것처럼 검은 머리가 파뿌리 될 때까지 살 수 없었다. 이 글에서 자세한 사실 여부를 밝힐 수는 없지만 박 서방이 간첩이라서 쥐도 새도 모르게 어느 날 붙잡혀 들어가 증발이 되어버렸기 때문이라는 말이 있었다.

그 후로 이모는 밤에 대전역에서 나오는 아저씨들을 붙잡고 "아저씨, 놀다 가세요. 예쁜 아가씨 있어요"라며 아가씨들을 소개해 주고

포주들에게 돈을 받는 직업을 가졌단다.

그런 일을 몇 년 하다가 무슨 이유인지 몰라도 이모는 우리가 사는 서울로 올라와 호떡 장사를 했다. 믿고 의지할 남편과 자식이 없던 이모는 돈에 의지할 마음이 생겼는지 두툼하게 솜을 넣어 누빈 개바지 무르팍이 호떡 화덕에 구워지는지도 모르고 길거리에서 열심히 호떡을 구워 팔았다. 그러다 실핀이 잔뜩 붙은 지남철처럼 이모의 주머니에 잔돈이 조금 모여졌다. 그러자 이모는 힘든 호떡 장사를 미련 없이 집어치우고 옛날 놀던 물이었던 대전역 옆으로 이사를 가서 다시 색시 장사를 시작했다.

그때 추접스러운 일을 때려치우고 사람처럼 살라고 하는 언니들의 뜨거운 성화가 이어졌다. 하지만 "언니들이 나 죽을 때까지 밥 먹여주지 않을 거잖아!"하면서 이모는 차갑게 등을 돌렸다. 막내 이모가 있는 곳은 더러운 곳이라는 엄마의 말을 들었지만 대전에 사시는 작은 외삼촌 댁에 가면 이종사촌 언니들의 손에 이끌려 1년에 한 번씩은 이모네 집에 놀러 갔다. 거기서 주근깨와 기미투성이인 작달막한 순둥이 언니와 사팔뜨기인 뚱보 언니를 만났다. 이름 없는 길거리의 여인들이었다. 본명은 모르지만 그 언니들의 성격과 특이한 신체를 보고 나는 그 언니들에게 이름을 만들어 불렀다.

몇 번 짧은 밤을 하고 온 순둥이 언니의 손엔 종종 서울서 온 꼬마 손님을 대접한다면서 브라보콘이 들려 있었다. 마치 '브라보! 꼬마 손님! 나처럼 살지 말아라!'하는 염원이 담겨져 있는 듯한 부드러운 브라보콘을 내 손에 쥐어주었다. 그녀는 착한 심성을 가진 여인이었다.

하지만 멋진 내일을 향해 날갯짓하는 것은 그 언니들에겐 너무나 먼 세상 이야기 같아 보였다. 순둥이 언니의 근심 걱정은 영글지 않은 열세 살 나이에 이 직업에 뛰어들었지만 이제 마흔을 바라보는 늙은 여자가 되어 가는 것이었다. 예쁜 여자들을 찾는 손님들의 취향에 밀려 인기 없는 늙은 꽃이 되어 가는 게 그녀들이 속한 현실이었다.

뚱보 언니는 부모와 시대를 잘못 만나 비대한 몸을 팔고 또 팔면서 기생오라비같이 잘생긴 기둥서방과 우량한 아들을 먹여 살리는 비참한 인생을 살면서도 항상 마음씨 좋게 웃었다.

그녀들은 종종 이런 말을 했다.

"내가 중학교만 나왔더라도 이 짓은 안 하고 살 텐데……."

배울 수 없었던 형편을 탄식하던 여인들의 목소리가 밤하늘의 반짝이는 수많은 별처럼 내 가슴속 곳곳에 크게 울리기 시작했다.

'김영희! 힘들지? 하지만 하고 싶어도 못하는 그녀들이 오늘도 역전 뒷골목에 있다. 그에 비하면 너는 정말 축복받은 인생이다. 그러니 군소리 말고 열심히 해야 돼!'

포주 이모 덕에 어린 시절에 만난 팔자 드센 그분들과 재회를 상상 속에서 하면서 꿈을 향해 가는 길이 비록 비포장도로를 달려가듯 힘겨워도 나는 외친다. 내 꿈이 고스란히 실려 있는 버스의 옆구리를 암팡지게 치면서 말이다.

"브라보! 내 인생! 오라이! 오라이! 탕탕!"

✱ 강의실 최연소 학생 앤드리아

나 자신에게 변명할 여지를 주고 싶지 않았다. 한번 변명을 하기 시작하면 내일은 더 큰 변명을 만들어 내면서 게으름을 합리화할 것 같았다.

큰아이 둘은 풀타임으로 학교에 가기 때문에 나는 막내딸을 베이비시터에게 맡기고 강의를 들어야만 했다. 하지만 베이비시터가 아프든지 아님 집안에 무슨 일이 생겨 막내딸을 돌봐주지 못할 때는 아기 봐주는 사람이 없다는 핑계를 대고 수업을 땡땡이치고 싶었다. 하지만 땡땡이도 한두 번 하다 보면 습관화가 될 것 같아, 막내딸이 수업 시간 3시간 동안 먹고 마실 간식과 그림책 서너 권을 집어넣은 두툼한 가방을 어깨에 짊어지고 아이의 손을 잡고 강의실로 향했다.

한창 바쁜 출근길에 버스를 한번 갈아타고 지하철 계단을 만 네 살 된 아이의 걸음에 맞춰 걷다 보면 혼자 학교에 갈 때보다 두 배의 시간이 걸렸다. 작고 여린 다리로 지하철역을 오르기 힘든 아이를 업고 갈 때는 시간이 덜 걸렸지만 강의실에 도착도 하기 전에 기운이 빠져 버렸다.

그래도 나는 학교에 가야만 했다. 졸업을 할 수 있을지 없을지 몰라도 오늘 맞이한 하루는 최선을 다해 보내야 했기 때문이다. 한 학기가 끝나는 시점이라 교수들이 수업 시간에 무심한 듯 던져 주는 시험 힌트도 적어놔야 학기말시험을 무사히 볼 수가 있었다. 그리고 시험 하나만 잘 보면 학점을 딸 수 있는 채점제가 아니라 수강 과목마다 그룹으로 학우들과 프레젠테이션으로 마무리를 해야만 전체적인 학점을 받을 수가 있었다. 여섯 과목을 수강하는 학기에는 학과 수만큼 여섯 그룹의 학우들과 강의 후 만나 프레젠테이션 준비를 해야만 해서 결석을 할 수가 없었다.

아침 9시에 강의를 하러 들어오던 교수님은 강의실에 어린아이가 앉아 있는 것을 보고 난감한 표정을 지었다. 나는 바로 교수한테 가서 만약 딸이 수업 시간에 떠들거나 다른 학우들에게 폐를 끼치면 다시는 딸을 강의실에 데리고 오지 않겠으니 한 번만 양해해 달라고 부탁했다. 다행히 아기 때부터 순한 막내딸은 찍소리도 하지 않고 혼자서 그림책에 색칠을 하던지 과자를 먹으면서 3시간을 조용히 지냈다.

수업이 끝나고 나니 교수님은 지금까지 본인 강의를 들어준 최연소 학생이라면서 언제든지 베이비시터를 구하지 못할 때는 막내딸을 데리고 강의실에 오라고 허락을 하셨다. 나는 얼굴에 철판을 두르고 딸을 데리고 강의를 들으면서 학기말시험 준비를 해갔다. 하루에 두 과목 시험을 볼 때는 아침 9시부터 12시까지 한 과목 시험을 마치고 점심식사 후에 오후 1시부터 4시까지 시험을 봤다. 점심을 제대로 먹고 오후에 시험을 보면 쏟아지는 잠을 주체할 수 없어 커피 한 잔과 사과 하나로 점심을 대신하고 오후 시험을 봐야만 했다.

학기말시험을 무사히 치르고 집으로 돌아오는 전차를 탔을 때 갑자기 이상한 생각이 들었다. 뭐지? 하고 곰곰이 생각을 해보니 너무 긴장을 해서 시험지에 이름을 기입하는 것을 잊은 것이다. 빠듯한 시험 시간 내에 최대한 점수를 딸 요량으로 시험지를 받자마자 답만 줄기차게 써놓은 것이 기억이 났다. 집에 와서 막내딸을 베이비시터에게서 데리고 오자마자 교수님께 전화를 했다.

"교수님, 제가 시험지에 이름을 안 쓴 것 같아요. 어쩌죠?"
하고 넋두리를 하니 평소에도 학생들을 잘 이해해 주던 교수님이 대답을 했다.

"내일 답안지 봉투를 열어 봐서 만약 육십 명의 답안지 중에 단 한 시험지에 이름이 없을 경우엔 내가 킴벌리 이름을 적어 주겠다. 하지만 이름이 적혀 있지 않은 답안지가 두 개일 때는 나 또한 아무것도 할 수가 없다."

나는 참으로 부탁을 잘하는 사람인가 보다. 교수님이 최대한 편리를 봐주는데도 또 하나의 부탁을 했다.

"교수님, 걱정이 돼서 그러는데요. 내일 답안지 봉투를 열어보신 후 이름이 적혀 있지 않은 답안지가 두 개가 될 때 저한테 전화를 걸어 주실 수 있나요?"

교수님은 아이까지 데리고 강의를 듣던 내 입장을 십분 이해해서 다음 날 전화를 해주셨다.

"킴벌리, 다행히 이름 없는 답안지가 하나다."

"땡큐! 땡큐!!"

나는 전화기를 붙잡고 고맙다는 말을 서너 번을 했다.

진솔한 모습에 감동하는 마음은 동서양 모두 똑같은 것 같다. 다만 표현하는 방법만 다를 뿐이다. 강의를 열심히 듣고 진지하게 질문을 하는 내 모습에 교수님들도 최대한 편의를 봐주셨다. 답안지에 이름을 써준 교수님은 내가 감사의 마음을 전할 때 그러셨다.

"킴벌리, 너 같은 학생이 내 강의를 수강해서 정말 한 학기가 즐겁게 빨리 지나갔다."

2주 후 학점 통지서가 도착했을 때, 침묵으로 응원을 하셨던 회계학 교수님이 내 중간시험 점수는 무시하고 학기말시험 점수만 반영하신 것을 발견했다. 그리고 답안지에 내 이름을 대신 써주신 멍때니 교수님은 고맙게도 A⁻를 주셨다.

풀타임 학기를 맞이한 후 중간시험의 낙제 점수를 받은 충격을 잘 넘길 수 있었던 것은 캐나다인 교수님들이 보여주신 학생에 대한 배려와 이해심 덕분이었다. 나 또한 그런 삶의 선생이 되어 살고 싶다. 그리고 노력하는 자에게 날개를 달아 주는 사람이 되고 싶다.

✳장학금 가불 플리즈

장기 하숙생인 라이언도 어학연수를 마치고 한국으로 돌아갔다. 그래서 단기 하숙생 제니퍼를 마지막으로 하숙집 아지매라는 직업에서 은퇴를 했다. 그랬더니 공부하는 것만 힘든 것이 아니라, 학기마다 등록금을 내야 하는 것도 하나의 도전으로 다가왔다.

짧은 시간 내에 높은 보수를 받는 통역 일도 정규적으로 들어오는 것이 아니라서, 나는 학교에서 받을 수 있는 장학금을 신청하든지 아니면 아르바이트를 해야만 했다. 하지만 학자금 융자는 신청을 할 수가 없었다. 현재 살고 있는 집도 융자를 얻어서 산 집이라 또 다른 빚을 진다는 것이 부담이 되었다. 그런데 항상 동동거리면서 공부를 하는 내 형편을 아는 클락 교수님이 나를 사무실로 불러 물으셨다.

"킴벌리, 혹 이번 9월 학기에 재정학 조교를 한번 해보지 않겠니? 조교로 버는 수고비는 많지는 않지만 등록금의 일부는 커버할 수 있을 거야."

회계학이나 재정학 전공을 신청했던 신입생들이 매년 재정학에서 학점을 따지 못해 전공을 바꾸는 일이 많아지자 교수진들은 전 학기에 높은 학점을 받은 학생들을 조교로 뽑아 후배들을 지도하게 했다. 생각이고 뭐고 할 것 없이 조교를 하겠다고 했다. 일주일에 9시간 재정학 조교로 일을 하니 한 학기 등록금의 반은 마련할 수가 있었다.

나머지 반 등록금을 마련할 생각을 하면서 점심을 먹으러 학교 근처에 있는 한국 식당에 갔다. 가끔 싸고 푸짐한 곰탕을 매운 깍두기와 배불리 먹으면 공부의 스트레스가 풀리는 것 같았다. 주문한 음식이 나오기를 기다리는 동안 신문을 읽는데, 한인 장학생을 뽑는다는 광고가 눈에 들어왔다.

'아니, 내일이 장학금 신청하는 마지막 날이잖아!'

급하게 곰탕을 먹고 학교에 가서 성적표 신청하고 집에 가서 자기소개서를 준비해서 장학재단이 원하는 날짜에 모든 서류를 보내야만 했다. 서류를 준비해서 우체국으로 달려가니 오후 5시가 넘었다. 우체국 직원이 배송 소인 날짜가 오후 5시가 넘어서 내일 날짜로 찍힌다고 했다. 하지만 장학재단에서는 오늘 날짜 소인이 찍혀야만 한다고 했다. 이 일을 어쩐담!

"아이고~~ 안 돼요! 소인을 다시 돌려서라도 오늘 날짜가 이 서류에 찍혀야 해요!"

나는 직원을 붙잡고 애원을 했다. 지성이면 감천이라고 애걸복걸하는 모습이 안됐는지 우체국 직원이 마감 날짜에 맞춰 소인을 찍어줬다.

내가 할 수 있는 모든 것을 다 해서 기다리는 일만 남았다. 9월 학기는 다가오는데 등록금은 반밖에 준비가 안 돼 할 수 없이 학비를 내야 할 시기가 왔을 때 장학재단에다 전화를 했다.

　"제 이름은 김영희인데요. 제가 장학생으로 뽑혔나요?"

　"글쎄요. 아직 공식적으로 결정이 안 났어요."

　"만약 제가 장학생으로 뽑혔다면 이왕 주실 장학금 좀 일찍 주세요. 네에?"

　장학생으로 선발이 되면 형식적인 발표를 하고 장학금을 받는 게 순서인데, 한시가 급한 나는 장학재단에 내 사정을 설명하고 장학금을 수개월 전에 '가불' 받은 사람이 되었다.

　가불을 주는 장학 이사님은 장학재단이 생긴 이래 처음으로 만학도가 장학생으로 선출이 되었고 장학금을 가불해 준 첫 케이스라고 하셨다. 그때 자존심을 세웠다면 난 그 학기를 파트타임으로 공부할 수밖에 없었을 것이다. 장학금 수여식이 다가왔을 때 재단에서 나에게 학생 대표로 감사의 말을 전해달라고 연락이 왔다.

　"신사 숙녀 여러분, 전 오늘 장학의 밤을 맞이하여 올해 장학생 대표로……(중략) 여러분이 주신 관심과 도움은 저희에게 재정적으로 많은 힘이 되었을 뿐만 아니라, 어느 누구에게서 받은 것보다 더 큰 격려와 노력에 대한 치하입니다. 오늘은 저희가 장학생 신분으로 여러분의 후원을 받는 입장에 서 있습니다. 하지만 내일은 지역 사회 발전뿐만 아니라, 후배들에게 교육의 기회와 가치를 알려 줄 수 있는 선배가 되겠습니다. 마지막으로 여러분의 양해하에 그동안 짝짝이 양말만 신고 다녔던 남편과 아이들에게 감사의 마음을 전합니다!"

그날 나는 지금은 할리우드에서 유명한 배우로 이름이 난 산드라 오, 그리고 언론인으로 성장해 가는 제니 백과 함께 1998년도 한인 장학생으로 선발되었다.

영국계 남편의 이성적인 말 한마디에 열 받아서 독을 품어온 지 어언 1년이 됐다. 숨 가쁘게 헐떡거리면서 지나온 시간을 돌이켜 보았더니 내가 잘나서 온 것이 아니었다. 가족의 협력과 하나님의 은혜로 매순간 도움의 손길을 받아서 온 것이었다.

❋12년 만에 받은 대학 졸업장

끝이 보일 것 같지 않았던 학사의 긴 여정을 15년에서 3년을 당겨 12년 만에 끝냈다. 나는 라이어슨 대학에서 회계학을 전공하고 재정학을 부전공하여 경영학 학사를 받았다. 앞뒤 재보지도 않고 저지른 후 수습하는 것처럼 정신없이 해냈지만 끝내고 나니 너무나 홀가분했다. 천천히 늦게 출발해서 걸어온 모습을 어떤 이는 인생에서 뒷북을 친다고 할 수 있겠지만 나는 뒷북이라도 칠 수 있어서 감사하다.

첫아들 메쑤를 임신하자마자 시작한 경영학사과정을 12년 만에 끝낸 것이었다. 큰아이가 대학을 졸업할 때 함께 졸업식장을 갈 것 같았던 기나긴 시간과 이제는 굿바이 할 때가 됐다. 남들이 쉽게 할 수 있었던 것들이 나에게는 그리 쉽게 다가오지는 않았다. 하지만 열심히 살고 있는 다른 이의 모습을 보면서 나 혼자 손가락만 빨고 있을 수는 없었다. 남들보다 늦었지만, 남이 안 알아주는 꿈을 꾸었지만 열심히 소걸음으로 걸어왔고 결국엔 나는 해냈다!

그래서 좋다! 나의 꿈은 나만의 꿈으로 남아야 한다고 믿는다. 내

가슴속 깊은 곳에서 울리는 북소리가 가장 큰 소리로 내 영혼을 깨우고 흔들었다.

너무나 긴 터널을 걸어온 듯했다. 왜 이다지도 오랜 시간이 걸렸는지! 단시일 내에 별 볼 일 없는 노바디nobody에서 근사한 썸바디somebody가 되고 싶었던 유혹도 많았었다. 그럴 때마다 로마가 하루 아침에 만들어지지 않았다는 치즈 광고를 보면서 나 자신을 위로하며 견뎌냈다.

4월의 마지막 주를 기해서 치러졌던 학기말시험 주간이 끝나면서, 매니지먼트학 교수가 마지막 수업 시간에 들려주었던 힘찬 목소리를 가슴 안에 각인시켰다.

"신사 숙녀 여러분, 경영학도의 길은 물의 형태가 되어서 걸어가는 길입니다! 사회와 함께 긍정적으로 걸어가는 기업인이 되어 가기를 진심으로 바랍니다! 경영학사과정이 여러분 인생의 주춧돌이 되었기를 바랍니다. 여러분 모두에게 행운이 있기를……. (Good Luck! Best Wishes!! Everyone!)"

드디어 신록이 무르익은 6월의 교정에서 학사모를 벗어 힘껏 하늘 높이 날리면서 나의 긴 학사 여정의 한 장을 마무리했다. 그리고 나는 새로운 출발인 공인회계사 시험을 준비했다.

✻새로운 도전, 그리고 성공

학사증 하나 가지고는 펼칠 수 있는 게 제한되어 있는 것 같아 4월 말에 학기말시험을 본 후, 6월 초에 있는 공인회계사 시험을 준비하기 시작했다. 회계학, 재정학, 세법, 경영학 등 학사과정에서 공부한 모든 것을 총괄적으로 다시 복습해야만 했다.

캐나다는 공인회계사 시스템이 다원화로 되어 있다. 내가 본 공인회계사 시험(Certified Management Accountant)은 경영학 석사(MBA) 커리큘럼하고 비슷하게 되어 있는 과정이다. 공인회계사 협회에서는 딱 두 번의 시험 볼 기회를 주었다. 두 번까지 봐서 합격을 못하면 응시할 수 있는 자격을 박탈당하게 되어 있었다. 확실하게 공식화된 이유는 없지만 아마 두 번을 봐서도 합격을 못하면 그 사람의 적성에 맞는 다른 직업을 빨리 찾으라는 배려가 숨어 있지 않나? 하는 생각이 든다.

기나긴 겨울이 지나고 찾아온 토론토의 봄은 너무나 아름다워 꽃피는 들판으로 해방감을 만끽하면서 가족들과 피크닉을 가고 싶었다. 하지만 일생에서 딱 두 번밖에 시험 볼 기회를 주지 않기 때문에 첫 번 도전에 붙어야만 했다.

막내딸도 풀타임으로 학교에 가기 시작해서 아이들이 학교에 있는 동안 매일매일 도서관에서 살다시피 했다. 주말엔 남편에게 아이들을 맡겨 놓고 아예 아침부터 늦은 저녁 시간까지 도서관에서 입에 단내가 날 정도로 공부를 했다.

하나의 산을 간신히 넘어오니 또 넘어야 할 산이 떡하니 버티고 있었다. 학사과정만 끝내면 너무 행복할 것 같았던 마음은 간사하게 온데간데없고, 제발 이틀 동안 보는 회계사 시험만 성공적으로 끝내면 더 바라는 게 없을 것만 같았다.

6월 첫째 주, 떨리는 가슴을 안고 볼펜 네 개와 물 한 병, 그리고 파워바 한 개를 갖고 시험장으로 향했다. 하루 동안 풀어야 할 시험 문제는 네 개. 그중의 한 문제는 사지선다형 문제, 다른 한 문제는 짧은 답을 원하는 문제, 그리고 나머지 두 문제는 케이스를 읽고 논문 식으로 답을 몇십 장 써내려 가야 하는 주관식 문제였다. 공부엔 재주가 없는 사람이 시험을 보려고 하니 내 능력에 의지할 수가 없었다. 그래서 미혼모로 첫아이를 잃고 만난 하나님께 기도를 했다.

'도와주세요! 제 펜 끝에 제가 어떤 답을 써야 할지 지혜와 명철함을 주세요!'

객관식 문제와 짧은 답을 원하는 문제는 대충 풀었다. 케이스 두 문제는 열 페이지가 넘는 정보를 읽고 거기에서 답의 우선순위를 정해 답을 써야만 하는 것이었다. 집중력이 그리 높지 않은 나는 무조건

한 문장을 읽을 때마다 답과 상관있다고 생각이 들면 옆에다 별 표시를 해두면서 문제를 풀어 갔다.

그리고 마지막으로 법정 용지에다 40~45페이지에 달하는 답을 줄기차게 써내려 가야 했다. 오후 5시에 시험이 끝나서 전철을 타고 집에 오는데 탈진이 되어 손가락 하나 움직일 힘이 없었다. 누구에게 인사할 마음도 생기지 않아 눈을 감고 있는데, 시험장에서 나온 응시자들이 대화하는 소리가 들렸다.

"야, 너 3번하고 4번 시험 문제가 뭔지 아니?"

"난 그 시험 문제가 무슨 답을 요구하는지 알 수가 없더라고. 백지를 낼 수는 없어서 그냥 아무거나 마구 써냈어⋯⋯."

나만 어렵게 느낀 게 아니었구나 하는 안도의 한숨이 나왔다.

이튿날 마지막 시험을 보니 똑같은 유형의 시험이었다. 두 문제는 첫날과 같이 주관식이었다. 열심히 답을 다 써내려 가고 있을 때 시험 종료 시간이 10분 남았다고 감독관이 알려 줬다. 마지막으로 수십 장의 답안지를 챙겨서 수정을 하려고 읽고 있는데, 감독관이 책상 밑에서 떨어진 답안지 한 장을 주워 주었다.

'아이고, 맙소사!'

답안지에 페이지 수를 적어야 하는데 떨어뜨린 답안지가 있는지도 모르고 페이지 수를 적은 것이다. 패닉 상태였다. 시간이 없는데⋯⋯.

답안지 페이지 수를 다시 적으려고 하니, 시험 감독관이 보기에 안 됐는지 아이디어를 줬다. 답안지 페이지 수를 첫장부터 45장까지 다시 적지 말고, 떨어진 답안지 앞장 수에 맞춰 2-1 그리고 2-2라고 적으라고 했다. 답안지는 리포트처럼 기승전결이 되어 있어야 하는데 앞에서 말한 것이 연결이 되지 않고 뒷장에 다른 말이 나오면 점수를 딸 수 없는 답안지가 되어 시험에 떨어지고 만다.

젊은 날 공인회계사로 활동을 하다 은퇴하고 나서는 매년 회계사 시험에 감독관으로 자원봉사를 하시는 그 선배님의 기발한 아이디어로 나는 남은 시간을 페이지 수를 다시 적는데 허비하지 않고 답안지의 철자를 고치는 데 사용했다. 눈물 나도록 고마웠다.

여유 있게 물도 마시면서 시험을 볼 줄 알았는데, '시작'이라는 구령과 함께 응시자들은 눈을 시험지에서 뗄 수 없을 정도로 방대한 정보를 읽어 실전 상황에서 어떻게 지식을 적용하는지 답을 써야만 했다. 그런 여건에서는 단 5분도 긴장을 늦출 수가 없었다.

이틀간 시험을 보고 집으로 돌아오니 입안은 바싹 말라 저녁도 먹고 싶지 않았고 그냥 잠만 자고 싶었다. 파란 하늘을 실로 오래간만에 바라보면서 정신적인 휴식의 시간을 가졌다.

아이들과 즐겁게 시간을 보내는 동안 합격 여부를 알리는 8월이 다가왔고 시험 결과가 우편으로 도착했다. 두근두근거리는 가슴을 진정시키면서 봉투를 열어보니 합격이었다! 자신 없었던 주관식 문제는 둘 다 90점이 넘는 좋은 점수를 받았다.

아아, 하나님! 감사합니다! 보잘것없는 저에게 이렇게 영광스러운 순간을 주시다니! 눈물이 앞을 가렸다. 말로 형용할 수 없는 벅찬 감동으로 다리에서 힘이 쭉 빠졌다.

전국의 많은 응시자 중에 나는 믿지 못하게도 상위 육십 명에 들 정도로 시험을 잘 봤다. 합격 통지서에는 등수는 나오지 않았다. 하지만 내가 회계사 시험을 본 그해에 회계사 협회에서 경영학 석사 코스와 비슷한 최고 경영 전략자 수업을 새롭게 시도했다. 회계사 시험에 합격을 하고 나면 회계사 협회에서 만들어 놓은 프로그램에서 2년 더 관련된 공부를 하면서 경력을 쌓아야만 공인회계사라는 타이틀을 쓸 수가 있다. 그해부터 전국에서 육십 명 고득점자를 뽑아 두 개의 특별반을 만들어 수업을 시작했다. 일명 테스트 반이었는데 나도 그 반에 뽑힌 것이다.

첫 수업에 자기소개를 할 때 나만 빼고 거기에 모인 모든 사람이 유수한 캐나다 대학에서 경영학 석사 과정을 끝낸 자들이었다. 명함도 함부로 내밀 수 없을 정도로 잘나서 그런지 엄청나게 말빨이 센 사람들이었다.

하지만 내가 누구냐? 김영희 아닌가! 있는 게 오로지 자신감밖에 없는! 난 두려움 없이 또 새로운 날을 맞이할 거다.

4부

다이내믹 패밀리의 노래

한국인 엄마가 캐나다에서 낳은 세 아이를 기르며
소리를 꽥 지르고 회초리를 들었다.
그랬더니 네 살짜리 딸아이가 어린이 권리를 읊어대며 경찰을 부르겠다고 난리다.
겨우겨우 길러놨더니 셋 다 학습장애 판정을 받았다.
그때부터 남편과 나는 인내심을 갖고 함께 걷기 시작했다.

✳육백만 불짜리 사나이

내 반쪽인 배우자를 만날 때, 무엇이 가장 최우선이 돼야 하나? 돈 때문에 선택한 배우자는 돈으로 헤어지는 것을 무수히 보았다. 그러나 서로를 수용하며 만난 배우자와는 너무나 많은 추억을 공유하다 보니, 헤어질 수가 없는 것 같다.

하나님이 빚어 놓은 사람을 미숙한 인간들이 만들어 놓은 화폐로 가치를 매긴다는 것은 신성 모독죄에 속할 일이다. 하지만 숫자로 모든 것에 가치를 매기는 현대 사회의 기준으로 남편의 가격을 매긴다면 나는 얼마를 매길까? 아마 육백만 불을 매길 것 같다.

남편은 좀 철이 들기 시작한 열두 살 때부터 우유 배달 아르바이트를 시작해서 부모님께 용돈을 받아본 적이 없을 정도로 부지런하고 성실한 사람이다. 애들 부자인 팔 남매 중에 일곱째인 남편은 극성스러운 누나 네 명과 주정부 장학생으로 뽑혀 4년 내내 장학금을 받아 학업을 할 정도로 공부 잘하는 두 명의 형과 여동생이 있는 집에서 태어났다.

잘난 형들과 비교도 안 될 정도로 학습 능력이 뒤떨어진 남편이었지만 아버지를 닮아 무척 유순하고 작은 것에 커다란 감동을 할 줄 아는 사람이다. 그리고 유머 감각이 뛰어나서 항상 긍정적인 사고를 갖고 주위 사람들과 함께 많이 웃으면서 행복해하는 사람이다. 그래서 남편은 어릴 적 요리사가 되고 싶었단다. 다양하고 맛있는 음식을 사람들에게 해주면서 사람들을 건강하고 즐겁게 해줄 수 있다면 아주 가치 있는 삶을 살 수 있을 것 같아 요리사의 꿈을 청소년 때까지 꾸었단다.

그런 순수한 소년이 공상과학 영화에 빠져 허구한 날 중독 되다시피 영화와 드라마를 보다가 과학도의 길을 택하게 됐다. 타고난 학습 능력이 출중하진 않았어도 어릴 적부터 성실과 노력으로 잔뼈가 굳은 사람이라서 열여섯 살에 밴쿠버에 있는 UBC에 진학해 물리학을 전공했다. 그리고 보잘것없는 못생긴 여자를 배우자로 선택했다. 좋은 조건은 눈 씻고 찾아보려 해도 찾을 수 없는 형편없는 조건을 가진 여자를 배우자로 맞이한 것이다.

같은 한국 사람들조차도 한 점의 주저함 없이 배우자로서 내 조건은 열악하다고 말했는데, 내 남편은 아무것도 보지 않고 순도 100% 사랑으로 나를 맞이했다. 그런 남자라서 남편은 일백만 불짜리 사나이가 되었다. 인심 좋은 정육점 아저씨가 소고기 서 근에다 기분 좋게 반 근을 더 올려놓는 것처럼 남편이 이백만 불짜리 사나이가 된 것은 자식에 대한 사랑과 배려 때문이다.

아이들이 신생아일 때 내가 저녁에 출근을 하러 나가면 매일 아이들 목욕시키고 기저귀 갈아 주는 일은 남편이 다했다. 3시간마다 일어나서 수유를 하는 것도 남편은 잠자고 있는 아내를 깨우지 않고 직접 일어나 아이들에게 젖병을 물리면서 돌봤다. 아들이 태어났을 때 기저귀를 갈아 주는데 오줌을 분수처럼 공중에다 싸대니, 집주인이 깔아준 카펫에 아이 오줌이 떨어지면 냄새가 날까 봐 손으로 급하게 아들 오줌을 받아낸 적도 있었다.

엄마한테 꾸중을 들어 상처 난 아이들의 마음에 부드러운 치유의 반창고를 붙여준 사람도 아빠였다. 아들은 대학을 졸업하고 독립해 떠나갈 때 남편에게 두 번의 포옹을 하면서 감사의 마음을 전했다.

첫 번째 포옹은 아버지로서 최선을 다해 좋은 가정에서 자라게 해준 것에 대한 감사의 뜻을 표하는 거였다. 두 번째 포옹은 항상 아빠 귀는 아들의 고민에 열려 있었고, 넓은 어깨는 언제든지 기댈 수 있게 든든하게 옆에 있어서 그동안 친구처럼 함께 해준 우정에 감사하는 인사였다.

돈으로 살 수 없는 건강과 긍정의 힘을 가졌고 부지런한 남편이라서 덤으로 삼백만 불을 얹어 오백만 불짜리 사나이라고 본다. 남편과 지금까지 십수 년을 살아오면서 하루에 6시간 이상 잠을 자거나 낮잠을 자는 것을 못 봤다. 남편의 손에는 부지런함이 배어 있다.

집 안 구석구석 남편의 손길이 안 간 곳이 없다. 어릴 적 벽에다 못을 박는 것도 왜소한 친정어머니가 하시는 걸 보고 자란 나는 남편이

망치와 못으로 뚝딱거리면서 모든 것을 잘 고치고 만드는 것을 볼 때마다 얼마나 자랑스러운지 모른다.

아이들이 어릴 적에는 트리 하우스를 뒤뜰에 만들어서 맘껏 놀 수 있는 아지트를 만들어 주질 않나, 많은 눈이 내린 날에는 밤새 내린 눈을 굴려 이글루를 만들어 아이들이 추운 날에도 신나게 놀 수 있게 해줬다. 그리고 수영장이 있는 뒤뜰에다 엄청난 양의 목재를 사가지고 와서 데크deck를 대청마루처럼 만들어 맨발로 뒤뜰을 왔다 갔다 하며 온 가족이 여름에 선탠을 편하게 할 수 있게 했다.

1년에 십오만 킬로미터가 넘는 장거리 해외 출장을 다녀와서도 시차 때문에 피곤하다는 말을 하지 않는다. 그래서 피곤하지 않냐고 물어보면 남편의 대답은 항상 이렇다.

"징징거려 피곤이 없어지면 하겠는데 도움이 안 되니 그냥 참아야지…….(Yeah! I'm tired, what can you do? I need to suck it up and get over it.)"

그리고 오래간만에 친한 친구들을 불러 골프를 치러 나가도 현지 시간에 금방 적응을 한다.

나는 돈을 많이 벌어와야만 훌륭한 배우자라고 생각하지 않는다. 조금씩이라도 함께 벌어 살면 된다고 믿어서 그런지 청소부로 일하는 남편의 모습에 감동을 받았다. 하지만 결혼을 하기 전에 남편에게 약속을 하나 해달라고 했다.

"돈을 많이 벌어 오라고 닦달은 안 할게. 하지만 건강한 육체를 가진 자로서 기본임금을 받는 일도 마다하지 않겠다는 약속을 해줘!"

육체의 편함은 정신을 타락의 길로 이끈다고 믿기에 나는 남편에게 결혼 조건으로 건강한 몸을 유지할 때 백수의 길을 쉽게 택하지 않겠다는 약속을 받았다.

어린아이가 시간이 흘러 장성한 어른이 되듯이 우유 배달부 소년의 순진한 얼굴은 꿈을 품고 있는 청소부로 변했다. 그리고 성실과 근면으로 동아줄 같은 튼튼한 사다리를 차곡차곡 올라가 실리콘 밸리에서 해커 방지 전문가firewall specialist로 거듭나면서 기본임금이 아닌 꽤 많은 돈을 벌어다 주는 남편이 되었다.

하지만 은행 통장에 입금되는 남편의 재정 능력 때문이 아니라 지금까지 결혼할 때의 약속을 지켜준 남편에게 마지막 백만 불을 더 매겨 준다. 그래서 내 남편은 도합 육백만 불의 사나이라고 말할 수 있다. 그런데 남편이 육백만 불의 사나이라면 당연히 나는 원더우먼이 아닐까?

✽ 립서비스의 귀재

누구나 하나님이 주신 탤런트가 있다. 그것이 무엇일까? 그리고 그것을 어떻게 써야 할까? 하늘이 주신 탤런트는 나 자신이 잘 보지 못하고 제삼자가 더 잘 발견할 때가 있다. 그래서 우리는 친구나 배우자가 필요한 것 같다.

성실한 남편과 살지만 나의 결혼 생활이 항상 평탄하지는 않다. 저인간하고 계속 살아? 말아? 하고 의문을 가질 때도 많았다. '당신은 정말 너무 예뻐!' 하며 볼에 살짝 키스를 해주었던 순간들을 기억 속에서 끄집어내기도 힘들 정도로 가물가물한 추억이 된 지 오래됐다. 그래서 안 되겠다 싶어 생각해 낸 것이 토요일 오후에 둘이서 함께 할 수 있는 사교댄스 레슨이었다.

"슬로우, 슬로우, 퀵퀵! 쿠반, 웍! 아악! 발 밟았잖아! 박자가 안 맞았잖아! 뭐야! 군대 행진하니? 부드럽게 리드 좀 해봐!"

그런데 남편과 즐거운 시간을 보내기 위해 배우는 춤이건만 가자미처럼 허옇게 눈을 뜨고 남편을 째려보느라 레슨 시간이 다 지나갔다. 남편은 막춤 체질인지 사교댄스는 배울 수 없는 사람인 것 같았다. 그런데 그런 남편에게 신이 주신 탤런트가 있었다. 친정어머니가 우리 집에 오셔서 한 달 동안 계실 때 나는 남편이 립서비스의 귀재임을 발견했다. 장모님이 적적해하실 것 같다면서 민화투를 배워 말동무를 해준 것이다.

"장모님, 무슨 약들이 있다고 할까요? 풍약, 초약 그리고 똥약도 있나요?"

"그럼, 똥약도 집어넣으시게나."

하고 친정어머니가 대답을 하면서 두 사람이 민화투를 쳤다. 친정어머니가 말씀을 하셨다.

"자네, 못생기고 키도 작은 내 딸을 배필로 맞아줘서 고맙네."

"장모님, 무슨 말씀을 그렇게 하세요? 육 척의 키를 가진 남자들보다 훨씬 더 배포가 큰 여자라서 제가 귀한 장모님 딸과 산다는 게 영광이지요."

하고 너스레를 떤다. 그리고

"어! 장모님 먹고 싸셨는데요!"

하면서 오 점에 일 센트짜리 민화투를 친정어머니와 쳐줄 때 몸치인 남편이 용서가 됐다.

나는 공인회계사 자격을 딴 후 일을 하면서 다시 파트타임으로 영국 런던대 법대에 지원했다. 기대하지도 않았는데 떡하니 입학을 허락받은 것이다. 공부한다고 허구한 날 남편을 고생시킨 전과가 있어서 조심스럽게 눈치를 보며 파트타임으로 법대에 진학을 할 거라고 말을 꺼냈다.

"회계사 땄으면 됐지! 법대는 무슨 얼어 죽을 법대야. 일이나 해!" 하고 소리를 지르지 않을까? 하는 내 예상을 깨고 남편은 천천히 입을 열었다.

"인생 한 번 사는데 하고 싶은 거 다 하고 살아. 당신이 행복해야만 주위 사람들도 행복하게 해줄 수 있는 거야! 잘 해봐. 당신은 뭘 해도 잘할 수 있어." 하고 격려까지 해주는 남편의 마음 씀씀이에 감동의 작은 물결이 내 마음을 휩쓸면서 '이 인간하고 살아? 말아?' 하는 의문을 가졌던 나 자신이 무척이나 어리석게 느껴졌다.

유교 문화에서 자란 오빠들은 남자는 말을 아껴야만 한다고 생각해 낯 간지러운 말을 못했다. 그리고 표현은 못하지만 속마음을 보라고 했다. 하지만 나는 오빠들의 깊은 속마음을 읽을 수가 없었다. 욕을 할 때는 그게 나에겐 친근하게 하는 격려가 아니라 언어폭력으로 다가왔다. 그런데 남편이 가끔씩 해주는 격려는 지쳐 있는 결혼 생활에 시원한 박카스 한 병이 되어 상쾌한 활력을 팍팍 불어넣어 준다.

마음에 감동을 불어넣어 주는 남편의 립서비스는 우리 가족뿐만 아니라 많은 이에게 감동과 용기를 가져다줬다. 남편을 친형처럼 따르는 에티오피아 난민 출신 마이클은 대학교 때 쿠데타로 정권을 잡은 정부를 비판하며 데모를 하다 고문을 받아 온몸과 정신이 황폐해진 상태에서 무일푼으로 캐나다에 온 청년이었다.

그는 정부 산하에 있는 학교에서 남편이 컴퓨터 강사로 일할 때 난민 보조금을 받으려고 학교에 나오는 학생이었다. 그래서 항상 늦은 시간에 등교를 하거나 결석을 밥 먹듯 하면서 시간만 보내다 1년 동안의 프로그램을 마쳤다. 착한 천성을 가졌지만 고문 후유증으로 만사 의욕을 잃어서 제대로 된 직장을 잡아 자립을 할 수 없는 것을 알고, 남편은 마이클을 보조 교사로 고용했다. 그리고 인종의 차이를 넘어 마이클을 친동생처럼 아끼면서 대학교에 진학을 하라고 격려를 했다.

그 후 마이클은 요크 대학(York University)에 파트타임으로 진학을 했다. 그리고 몇 년 후 졸업과 동시에 경찰로 근무를 하면서 캐나다에서 새롭게 둥지를 틀었다. 남편을 형이라고 부르면서 형이 걸어가는 발자국을 밟겠다고 우리가 살던 집을 사고 싶다 우겨서 우리는 살던 집을 그에게 팔고 다른 곳으로 이사를 갔다. 그리고 15년 후 마이클은 캐나다 주류사회에 진입해 치안 판사가 되어 자랑스러운 재캐나다 에티오피아인을 대변하는 사람이 되었다.

아무도 쳐다보지 않는 나 같은 여자를 '깎지 않은 다이아몬드 원석'이라 말하며 용기와 희망을 불어넣어 준 립서비스의 귀재 남편. 그이가 해준 립서비스가 허튼 말이 되지 않게 하나님이 내게 주신 탤런트가 무엇인지를 계속해서 찾아내고 개발해야만 하겠다.

✳️아동학대라니!

머리털 나고 해본 일 중에서 여전히 자신 없는 직업이 있다. 그것은 나의 자궁 속에서 40주 동안 어미 닭이 달걀 품듯이 품고 있다가 빼낸 아이들의 엄마 노릇이다. 예습과 복습도 할 수 없는 엄마라는 직업보다 더 적성에 안 맞는 과목은 없는 듯하다.

"야! 이 녀석들! 전화번호부 머리 높이 들고 방구석에 가서 무릎 꿇고 엄마가 일어나라고 할 때까지 앉아 있어! 머리 꼭대기에 전화번호부가 닿는 놈들은 몽둥이찜질이다!"

한여름의 독 오른 독사처럼 약이 오를 때로 오른 엄마 들으라고 네 살 먹은 딸이 유치원에서 배워온 헌법에서 명시된 '어린이 권리'를 종알거리면서 외워댄다.

"첫째, 우리 어린이들도 한 인격의 존엄성을 가진 인격체로서 우리에게 필요한 음식과 안전하게 잠을 잘 수 있는 주택을 요구할 권리가 있다."

그런데 '그저 엄마 말 안 듣는 놈들은 혼나야 해!'하며 소리를 꽥 지르는 엄마한테 딸이 주장하는 어린이 권리는 귀에 비집고 들어올 여유가 없었다. 닭똥 같은 눈물을 뚝뚝 흘리는 다른 아이와는 달리 네 살 먹은 딸은 눈알을 치켜뜨면서 대꾸를 한다.

"엄마, 나 지금 경찰 부를 거야!"

야무지게 조그만 입술을 오므리며 내뱉는 녀석의 말에 기가 찰 정도로 어이가 없었다.

"어쭈! 그래, 불러라! 불러! 너 같은 딸은 없어도 하나도 슬프지도 않아!"

오늘 요 녀석의 버르장머리를 확실히 잡아놓지 않으면 큰집 아이들처럼 부모가 쩔쩔매며 살 것 같아 경찰서 번호를 콱콱 누른 다음 전화통을 딸에게 건네주었다.

"야! 경찰이야, 빨리 말해! 네 엄마가 너를 마구 학대한다고 빨리 신고해!"

네 살 먹은 딸은 갑자기 자신의 행동이 어떤 결과를 가지고 올지 예상이 됐는지, 얼른 전화를 끊었다.

"엄마, 미안해. 다시는 안 그럴게. 저기 방구석에 가서 손들고 서 있을게."

"시끄러! 빨리 다시 걸어! 오늘로서 너와 나의 관계는 끝장난 거야. 나도 너 같은 딸은 키우고 싶지 않아!"

캐나다는 어린아이들을 보호하는 법이 강한 나라다. 열두 살 미만인 아이를 혼자 내버려두면 안 되는 어린이 방치 금지법이 있고 부모가 자식을 마음대로 체벌할 수 없는 아동학대 금지법이 있다.

큰집 아이들은 부모가 캐나다에서 이름만 대면 아는 사람들이라 그걸 영악한 아이들이 이용해 부모가 체벌을 하면 무조건 아동학대로 신고한다고 공갈 협박을 한다. 그래서 부모가 두 손 두 발을 다 들게 해놓았다. 하지만 나는 대문짝만 하게 그 다음 날 조간신문에 난다 해도 잃을 명예가 없어서 그런지 소리를 고래고래 자유롭게 지를 수 있었다.

하지만 아이 앞에서 누가 어른인지 아이인지 구별이 안 되게 반미치광이처럼 소리를 지르던 나는 가슴속이 텅 빈 여자가 되었다. 아직 머리털이 다 자라지도 않은 네 살짜리 딸이 암팡지게 내게 안겨준 배반감에 몸서리치다가 몇 번 깊은 한숨을 뱉어낸 후 현실을 바로 보니 나 자신이 부끄러웠다. 나의 분신이라고 하는 어린것 앞에서 이성을 잃어버린 모습을 보여준 쫀쫀함에 창밖의 모든 세상이 황사로 덮인 듯 숨을 쉴 수가 없게 창피했다.

그래, 아이들도 자기주장을 떳떳하게 펴는 게 당연한데, 그렇게 합당한 권리를 찾아 소신 있는 삶을 사는 것이 얼마나 필요한 것인데……. 나는 입만 가지고 큰소리로 엄마 흉내만 내는 여자였다.

✳ 어렵기만 한 엄마 노릇

　한 건물에 유치원부터 중2까지 다닐 수 있는 학교라서 아이들 모두 같은 학교를 다녔다.

　큰애가 7학년(한국 학교로는 중1), 둘째가 5학년, 그리고 막내가 2학년 이었다. 다운타운에서 일을 하고 돌아오는 버스 안에서 눈을 감고 잠시 쉬고 있는데 휴대전화가 울리기 시작했다.

　"헬로우~"

　"미세스 하울이십니까?"

　"네, 그런데요."

　"저는 아동보호소 상담가입니다. 아동학대 신고가 들어와서 가정을 지금 당장 방문해야 합니다."

　"아, 그래요? 그럼 제가 집에 도착하는 30분 후에 만나요!"

　버스 정류장에서 걸어 집으로 다가가니 벌써 집 앞 주차장에는 낯선 차 한 대가 서 있었다. 젊은 아가씨가 나를 보더니 차에서 내려 명함 한 장을 주었다. 사무적으로 본인을 소개하는 그녀를 집에 들였다.

"미세스 하울, 먼저 아이들 모두 개인별 인터뷰를 하고 싶습니다."

"그러세요."

먼저 큰아들과 30분가량 이야기를 나누고 나서 막내딸과 인터뷰를 마쳤다. 그리고 둘째 딸과 인터뷰를 해야 하니 친구 집에서 놀고 있는 둘째 아이를 데려다 달라고 했다. 친구네 집에서 신나게 놀다가 집으로 당장 돌아오라는 연락을 받은 둘째는 대문 한 짝이 떨어져 나갈 것처럼 소리를 지르면서 들어왔다.

"지금 한참 재미있게 놀고 있는데 왜 오라고 했어?"

하고 물어보는 딸에게 대답을 해주었다.

"푸랭키, 너희 부모가 너희를 학대한다고 신고가 들어 왔대. 그래서 아동보호소에서 이 분이 왔어. 너랑 인터뷰를 하고 싶으시대……."

아이들 셋과 인터뷰를 마친 후 아동보호소 사람이 물어왔다.

"저 둘째 아이가 아이 셋 중에서 다루기가 힘든 아이인가요?"

이때도 남편의 립서비스 실력이 나왔다.

"아이들이 다 그렇죠."

나는 남편과는 다르게 말문을 열었다.

"네에, 저는 말 안 들으면 나무주걱으로도 때립니다. 아니면 무거운 전화번호부를 들고 방구석에 오랫동안 서 있게 합니다. 아니 근데 누가 어떻게 아동학대를 한다고 신고했나요?"

"죄송하지만 그건 말해줄 수가 없어요."

라고 그녀는 대답했다. 결혼도 하지 않아 부모 노릇 하는 게 얼마나 힘이 드는지 모르는 그녀에게 나는 쐐기를 박기로 했다.

"그래요. 부모 역할을 제대로 하는 게 아동학대라고 생각한다면 아동보호소에서 우리 아이들을 데리고 가서 저희보다 더 잘 키워 주세요! 하지만 우리 아이들이 잘못되었을 때는 각오하세요!"

아이들과 인터뷰하는 동안 아무런 이상을 발견하지 못해서인지 그녀는 나를 위로하기 시작했다.

"미세스 하울, 저의 의무는 아동학대로 의심이 되어진다고 신고가 들어오면 곧바로 출동해서 아이들을 보호해야 하는 것입니다. 다소 오해가 있어서 이런 일이 생긴 것 같아요. 저희 부모님도 루마니아에서 이민 오신 분들이라 저도 맞고 자랐어요. 하지만 때리더라도 맨손으로 때리세요. 나무주걱은 캐나다에서는 무기라고 여겨져 법에 위반되는 행동입니다. 그리고 이 케이스는 오늘로 정리하겠습니다."

그녀는 아주 공손하게 사과와 인사를 하고 떠나갔다. 아동보호소 여자가 떠나간 후 캐나다는 참으로 좋은 나라라는 생각이 들었다. 자기 자신을 스스로 보호할 수 없는 약자를 보호해 주는 나라에서 우리 아이들이 마음 편히 뛰어놀고 살 수 있다는 것에 나는 감사하는 마음을 가졌다.

그리고 영어나 불어로 본인의 의사를 표현 못해서 억울하게 아이들과 생이별을 해야 하는 이민자 부모의 마음도 이해하게 됐다. 캐나다는 해마다 몇십만 명이 이주해 온다. 그러다 보니 아이들이 학교에서 접하는 캐나다 문화와 이민자인 부모가 가지고 있는 문화의 혼동 속에서 성장할 때가 있다. 그 성장 과정에서 부모들은 아무래도 아이들보다 느린 템포로 캐나다화가 되어 가다 보니 많은 오해를 남기는 행동을 할 수 있다.

어떤 이민자는 딸아이가 자유분방하게 생활하는 것을 보고 아이를 제대로 훈육하려고 체벌을 하니 아동보호소 직원이 개입을 했다. "내 자식 내가 가르치는데 뭐가 법에 저촉하는 행동이냐?"하고 말을 해보았지만 아동보호소 직원에겐 통하지 않았다. 그래서 그 이민자는 오랫동안 아이들을 되찾아 오려고 외롭게 법정 투쟁을 해야만 했다.

아이들을 훈육하다 보면 똑같은 부모한테서 태어났어도 참 반응이 다르다는 걸 알 수 있다. 엄마가 눈꼬리 올라간 것을 보고 서랍에서 나무주걱을 꺼내 들기 전에 자기 방으로 잽싸게 들어가 근신하는 척하는 아이가 있는가 하면, 내가 왜 혼나야 해? 하고 눈을 하얗게 뜨고 대들다가 중국제 나무주걱이 몇 개 부러진 다음에야 정신 차리는 아이도 있다.

그래서 아동보호소 직원이 간 후에도 나는 아이들의 체벌을 쿨하게 접지는 않았다. 다만 감정이 실리지 않게 이성적으로 체벌하려고 노력했다. 하지만 그게 그렇게 말처럼 쉽게 되지가 않아 아이들이 내 키보다 작을 때까지 체벌하고 청소년기에 접어들고 나서는 대화로 해결하려 노력했다.

아이들에게 훈육과 체벌을 하면서 생긴 에피소드로 인해 내 키가 또 한 뼘 자란 듯하다.

❋ 늦게 피는 꽃, 학습장애 아이들

'무자식이 상팔자'라는 말이 있고, 우리가 가끔씩 들었던 '저건 자식이 아니라 원수여' 하시면서 부모님이 깊은 한숨과 함께 내뱉었던 고백처럼 자식을 키운다는 것은 어쩜 끝이 없는 고행의 길인 것 같다.

하지만 나에게 그 길은 모난 돌이 정에 맞아 둥글게 다듬어지는 것처럼 인내의 내공을 쌓아가는 시간이었다. 큰아들이 5학년이 되던 해 나는 아들 담임선생님으로부터 한 통의 전화를 받았다.

"저어 미세스 하울, 다름이 아니고 메쑤 때문에 전화를 했는데요. 한번 인터뷰를 해야 할 것 같아서요. 언제가 미세스 하울한테 편리한 시간인가요?"

내가 만난 캐나다 선생님들은 다들 매너가 좋고 상냥하셨다. 며칠 후 선생님과 단둘이 인터뷰를 했다. 선생님은 아들 칭찬으로 입을 열기 시작했다.

"메쑤는 너무 매너가 좋아요. 그리고 유순하고…… 부모님이 집에서 정말 지도를 잘하신 것 같아요!"

분명 아들 칭찬을 하려고 선생님이 인터뷰 요청을 하진 않았을 텐데……. 그녀는 아들 칭찬을 10분 넘게 하더니, 조심스럽게 말문을 열었다.

"미세스 하울, 아무래도 메쑤가 학습장애가 있는 것 같습니다."

처음 들어 보는 단어라 나는 질문을 했다.

"어머, 그게 뭐예요?"

그녀는 친절하게 학습장애에 대해 설명을 해주었다. 우리는 눈으로 보고, 듣고, 쓰고, 말하고, 만지면서 지식을 습득한다. 그런데 내 아들은 보편적으로 학교에서 하는 보고 듣고 그리고 쓰면서 학습을 하는 데 어려움을 겪고 있는 아이라는 것이다.

이곳 캐나다에서는 초등학교 5학년 때 아이의 심리 상태와 가정환경 및 학습 적응도를 테스트하여 학습장애로 판정이 나면 그 아이에 맞는 학습 방법을 찾아 교육을 해야만 한다고 했다. 마치 기성복을 입혀 봐서 자태가 안 나면 일일이 치수를 재서 맞춤복을 만들어서 폼 나게 해주는 것처럼 말이다.

선생님의 자세한 설명을 듣고 나자 원자폭탄을 맞은 것처럼 온 세상이 까맣게 폭삭 무너지는 듯했다. 어린 나이에 홀로 이민 와서 청소부, 웨이트리스 등 안 해본 일 없이 밑바닥부터 시작한 나였다. 그런 내가 공인회계사가 되기까지 많은 좌절과 역경을 이길 수 있었던 건 가족이 있었기 때문인데 내 희망인 자식 농사 첫해가 흉작이 되었다는 느낌을 지울 수가 없었다.

하지만 선생님은 다행히 안정된 심리 상태이고 가정적으로도 큰 문제가 없기에 학습 방법만 적절히 조율하여 적용하면 고등학교는 무사히 마칠 것 같다고 위로를 해주었다. 나는 그날부터 인내라는 친구의 손을 꼭 잡기 시작했다.

캐나다에서는 아이의 학습장애를 담임선생님이 발견하자마자 교장선생님께 알린다. 그리고 나서 학부모, 담임선생님, 교장선생님, 사회복지사, 그리고 아동교육심리학자 다섯 명이 한팀이 되어 아이에게 적합한 해법을 찾아낸다.

일차적으로 의사가 아이의 신체검사를 한다. 귀가 잘 들리는지, 눈이 잘 보이는지, 아님 뇌에 문제가 있는지를 말이다. 일차적인 검사가 끝난 후 사회복지사는 가정 내에 문제가 있는지를 점검한다. 마지막으로 아동교육심리학자는 몇 개의 테스트를 통해 아이의 행동 발달과 아이큐 등을 점검한 후 특수교육 선생님의 관리로 이어진다.

그리고 특수교육 선생님은 아이에게 가장 적합한 교육 방법을 찾아내고 나서 앞으로 어떤 방법으로 학습 지도를 할 것인지 알려준다. 그러고 나서 학부모가 동의하면 그때부터 아이에게 가장 적합한 학습 과정을 시작한다.

나와 남편이 비록 캐나다에서 대학물을 먹었어도 너무나 생소한 분야라서 우리는 무조건 그 분야의 별들에게 물어봤다. 특수교육 선생님들은 모두 석사 이상의 학위를 가진 전문가라서 나는 그들이 제시한 해결책을 믿었다. 아이가 학습장애가 있는 것 같다고 들었을 때

'당신들 사이비 아냐?' 하고 그분들의 전문성을 반박한 이유가 나에게는 하나도 없었다. 그저 도움만 절실히 필요했다.

그 후 첫아이의 맞춤 학습이 이어지는 동안 2년 터울인 둘째 애까지 진눈깨비가 추적추적 내리는 이른 겨울날 학습장애 판정을 받았다. 마음 깊은 곳까지 왕소금 서리를 맞은 진물 난 상처처럼 쓰리고 화끈거렸다.

굵어지는 눈발 때문에 뿌옇게 파묻힌 자동차가 있는 학교 주차장으로 발길을 돌릴 때 문득 외숙모가 생각이 났다. 어느 조선 여인보다 쓰라린 인생을 사신 분, 그러나 항상 너그럽게 나를 예뻐해 주셨던 외숙모가 살아 계셨다면 이럴 땐 어떤 말씀을 해주셨을까?

마음의 위로를 받고 싶어 먼 옛날 미루나무가 빼곡히 서 있는 외숙모네 집으로 추억 여행을 떠나보았다.

노량진에서 버스를 타고 지금은 없어진 용산 시외버스 터미널에 아침 일찍 도착해 충청도 청양 가는 버스에 부푼 가슴을 가득 싣고 갔던 외숙모 댁. 들뜬 마음을 덜컹거리는 시외버스에 싣고 먼지를 폴폴 날리는 국도 길을 가다 보면 어김없이 충청도 공선 정거장에 도착했다. 그곳에서 외숙모가 살고 계신 고양골까지 버스가 가지 않아 걸어서 개울을 일곱 번이나 건너가야 했다. 그만큼 깡촌이었다.

서낭당 고개를 부리나케 넘어 초가 이엉으로 덮인 담이 쳐진 마당에 폴짝 뛰어들어가면, 외숙모는 "아이고, 이게 누구여? 어쩐지 아침에 까치가 울더니 귀한 손님 오셨네!" 하며 반가이 맞이해주셨다.

외숙모의 빠진 이빨 사이로 새어나오는 "울 영희! 잘한다!" 하시면서 신명을 돋아주는 칭찬 속에 여행의 피곤함도 잊고 그때 한창 유행했던 남진 오빠의 '저! 푸른 초원 위에' 유행가를 부르며 고고 춤을 췄다. 문화생활과는 담을 쌓고 사시는 외숙모를 위해 즉석 공연을 열어드린 것이다. 그리고 그 라이브 쇼를 새벽녘에 수탉이 꼬끼오하며 좀 그만 하라고 신경질을 부릴 때까지 이어 갔다.

새벽녘에 곯아떨어져 동녘으로 난 창문 앞에서 잡새들이 시끄럽게 합창을 하면 눈을 비비고 일어났다. 그런데 귀한 손님을 위해 외숙모가 내어주신 풀 먹인 하얀 광목 이불 위에는 충청도의 젖줄인 금강처럼 휘어지고 갈라진 코피가 말라붙어 있었다. 간밤에 춤추고 노래한 것이 고단해서 코피가 터진 것이다.

슬며시 눈치를 보면서 모기장 밖으로 나오니 지난밤에 외숙모가 서울 꼬마 손님을 위해 뿌린 모기약에 무참히 독살당한 모기처럼 민망함이 밀려왔다. 그러나 코피를 못 본체하는 외숙모의 너그러움에 조금 전에 가졌던 곤혹한 마음은 온데간데없이 사라지고 또 어리광을 부리면서 꽁보리밥과 호박 된장국을 썩썩 비벼 입이 미어져라 먹었다.

사 남매를 낳으신 외숙모. 작은집 살림을 하시는 남편의 코빼기를 본 지도 수십 년이 되었다. 혼자서 꾸려 가는 어려운 살림에 먹는 입 하나라도 줄이기 위해 큰딸, 둘째 딸은 초등학교 졸업 즉시 친척집으로 식모일 하라고 보내셨다. 숙모는 그때 그 마음이 어떠하셨을까? 태어날 때부터 뇌성마비인 큰아들과 막내아들 입에만 간신히 풀칠을 하며 한 많은 삶을 살아가셨던 외숙모의 무르팍을 베고 누워 위로받고 싶다.

몇 마지기 안 되는 밭을 일구느라 녹초가 되신 몸으로 밤에는 희미한 호롱 불빛 밑에서 일본 사람들 기모노 감으로 쓰이는 천에 바느질을 하셨다. 주름살로 꽉 찬 외숙모의 옆모습을 보며 내가 항상 주절거렸던 말이 있다.

"외숙모, 영희가 커서 돈 많이 벌어서 외숙모 금이빨 해줄게."

"그러여, 얼릉 커서 외숙모 금이빨 좀 해줘."

인간에게 느낄 수 있는 최대치의 실망과 배신이 외숙모의 삶을 가득 채웠지만, 그녀는 조그마한 조카딸의 말을 진심 그대로 믿어 주셨다. 내 마음의 푸근한 고향으로 남아계신 외숙모는 나의 작은 가슴속에 자식은 항상 믿어주고 어떤 상황에서도 그 믿음을 지켜야만 한다고 선명하게 각인시켜 주신 롤모델이셨다.

'외숙모, 자식은 항상 믿어줘야 하지유? 맞지유? 지말 맞남유? 그게 외숙모가 저에게 사카린 넣고 삶아준 하지 감자처럼 짧은 단맛 뒤에 오랜 쓴맛이 남아도 굳게 믿어야 하쥬?'

고통스런 삶 속에서도 요동치지 않으셨던 외숙모의 고운 마음이 위로의 숨결이 되어 얼어붙은 내 영혼에 훈풍처럼 다가왔다. 몇 시간 전 잿빛 하늘로 가득 찬 빈 학교 주차장을 걸어 나오면서 뼛속까지 스며들었던 그 을씨년스러운 냉기가 따끈한 꿀차 한 잔을 마신 것처럼 녹기 시작했다.

집에 도착하자마자 둘째 아이가 얼굴 가득히 보조개 두 개를 접어 보이면서 질문을 해댔다.

"엄마, 선생님이 뭐래?"

"응, 너처럼 착하고 공부 잘하고 너무나 예쁜 딸을 둬서 정말정말 좋겠대."

"정말?"

"그러엄, 정말이구 말구. 오늘처럼 네 엄마라는 것이 이렇게 자랑스러운 날이 없었어."

나는 딸아이가 크게 웃어주는 미소 속에서 숨어 있는 소망의 언저리를 보았다. 아이가 학습장애라고 하면 나도 모르게 불쑥 부정적인 생각이 들 때가 있다. 그럴 때마다 엄마가 안달하는 모습을 보이면 아이들이 불안해할 것 같아서 나와 남편은 오히려 생업에 열심을 다했다.

가끔씩 사랑과 관심은 무관심과 비슷한 옷을 입어야 할 때가 있는 것 같다. 아이들이 먼저 공부에 대한 화제를 꺼내 놓기 전까지 우리 부부는 공부에 대해서 절대 함구를 했다. 그리고 종종 아빠와 엄마의 어린 시절 이야기를 해주었다.

"야, 엄마도 초등학교 3학년 때까지 한글을 못 깨우쳤다. 그리고 내 아이큐가 79거든. 그래도 이렇게 캐나다 와서 공인회계사로 먹고살잖니."

"너희들 아이큐는 129라고 하니 이 저능아 엄마는 가문의 영광으로 생각한다."

"그리고 엄마는 영어도 배우면서 새로 시작해야 했는데 너희들은 영어도 엄마보다 더 잘하니 걱정이 없단다."

그러고 나면 남편은

"나는 성적 순위를 매기는 학교를 다녔는데 서른네 명 중에 내가 항상 33등이었다. 그럴 때마다 할머니는 너는 늦게 피는 꽃이니 걱정하지 말라고 하셨어."

"그래서 그런지 내가 열여섯 살에 대학에 갈 수 있었던 것 같다."

"너희들도 엄마 아빠를 닮았기에 늦게 피는 꽃이(late bloomer) 될 것 같구나."

하고 열심히 격려를 해주었다.

물론 아이들에게 격려의 말을 하는 동안에도 남편과 나는 '정말 그럴까?'하고 반신반의하는 순간들도 없지 않아 있었다. 하지만 이 세상에 나온 사람이 모두 밥만 축내는 목적만 갖고 나온 것은 아니라고 믿기에 하늘을 바라보면서 '제발 중학교 중퇴가 아닌 고등학교 졸업장만이라도 받게 해주실 거죠?' 하는 소망의 기도를 하면서 아이들의 사춘기를 맞이했다.

그때 해커 방지 전문가로 전 세계로 출장을 다니는 바쁜 남편과 새롭게 회계사무실을 개업한 나는 아이에서 어른이 되어가는 아이들의 공격성을 잠재울 전문성이 없었다. 그래서 아이들과 태권도를 함께 배우면서 운동으로 아이들이 스트레스를 풀게 하기로 했다. 엄마 나라의 국기인 태권도를 배우기 위해 우리 다섯 식구 모두 등록을 했다. 아이들만 태권도를 하라고 하면 얼마 못 가 때려치울 것 같아 남편과 나 또한 아이들과 똑같이 훈련을 받았다. 적어도 일주일에 두세 번씩 태권도 도장에서 합법적으로 서로 치고 박다 보니 아이들의 공격성이 많이 누그러졌다. 그래서 막내딸이 사춘기를 마치는 해까지 7년 동안 함께 운동하며 우리 가족 모두는 태권도 유단자가 되었다.

매도 맞다 보면 맷집이 생기듯이 막내딸 또한 학습장애아로 판정을 받았을 때는 마치 독감이 아닌 가볍게 재채기하듯 학습장애 특별학과 선생님께 "알아서 하슈"라고 인사를 마치고 잘 먹은 귀신이 때깔도 곱다는 생각에 먹거리를 사러 곧장 장을 보러 갔다.

하지만 아이들이 새 학기를 맞이하는 순간이 오면 한국 택시기사 분들의 백미러에 걸려 있는 '오늘도 무사히'라는 구절처럼 나의 기도 제목 또한 '이번 학년도 무사히 마치게 하소서'를 외쳐야 했다. 그리고 아이들이 중학교를 마치고 고등학교를 마치는 시간을 맞이하였다.

온 가족이 인내라는 조금 지루할 수 있는 무거운 지게를 지고 가는 동안 큰아들은 고등학교를 졸업할 때 연방정부 국회의원 장학금과 다른 장학금을 받고 대학에 진학하여 경영학을 전공했다. 지금은 한국말을 배우겠다고 원어민 영어 교사로 서울 교육청에서 일을 하고 있다.

그리고 고운 실크 같은 섬세한 소망의 끈을 잡게 해준 둘째 아이는 100년이 넘은 토론토 명문 미술대학교(Ontario College of Arts & Design-

OCAD)에 진학하여 2011년 6월 졸업을 했다. 그리고 항상 용기와 격려를 아끼지 않았던 특별반 선생님이신 미세스 라드웨이Mrs. Rodway처럼 존경받는 교사가 되겠다고 사범 대학교에 진학할 준비를 하고 있다. 막내딸은 올해 고등학교를 졸업하고 한국 부모님이 과외를 해서 보내는 토론토 근교에 있는 워터루 대학으로 진학을 한다.

나도 물론 아이 셋 모두 학습장애아로 판정을 받았을 때, 하늘을 바라보면서 '정말 해도 해도 너무합니다. 어쩜 삼진 아웃입니까?'하고 원망하던 순간들도 없지 않았다. 하지만 나의 치마폭에 던져준 쓰리 스트라이크는 탕약처럼 쓴 인내라는 귀한 친구를 만나게 했다. 마치 태풍의 눈처럼 인내의 중심에는 어떤 동아줄보다 질긴 소망의 끈이 있다는 것을 배울 수 있었다. 소중한 배움을 느꼈던 특혜의 순간들이었다.

만약 이 순간에 '내가 저걸 낳고 미역국을 먹었나?' 하는 슬픔 속에서 자책하는 분들이 계시다면 눈물 속에서도 항상 인내와 소망과 함께 어깨동무를 하며 사시기를 권하고 싶다.

✱ 고3 엄마 맞아?

부모로서 나의 바람은 우리 아이들이 행복한 사람으로 살아갔으면 하는 거다. 그리고 리더가 되어 많은 팔로워followers를 거느리는 사람이 아닌 본인이 처한 상황에서 항상 최선을 다하는 사람이 되기를 바란다.

큰애가 고2가 되니 공부하기 싫다고 했다. 그래도 성인이 되는 열여덟 살까지는 부모 그늘에 있으니 고등학교만 끝내라고 주문을 했다. 아들도 그러겠다고 동의를 했다. 수학도 잘 못하고 영어 점수도 엉망인 성적표를 받아왔다. 영어 잘하는 아이가 영어 점수가 엉망인 게 이해가 갔다. 나 또한 옛날 고등학교 때 국어 시험을 보면 60점 이상을 넘어본 적이 없었다. 청산유수처럼 말빨은 세도 국어 작문 실력이나 독해력은 꽝이었던 엄마를 닮아서 그런가 하고 생각하니 아들을 이해할 수 있었다.

영어나 수학 말고 뭘 배우고 싶냐고 물어보니 다음 학기엔 철학과 연극을 공부하고 싶다고 한다. 그래서 아들은 고2 때부터 철학을 공부하기 시작했다. 아무 쓰잘데기 없는 공부라고 다른 한인 부모님들은 고개를 흔들어 댔지만 나는 다른 생각이 들었다. 나는 인간의 삶 본질 자체가 철학이라고 믿었다. 또한 아들이 연극을 하면서 사람들의 감정과 행동들을 분석하고 표현하는 훈련을 하다 보면 앞으로 사회생활을 하는 데 많은 도움이 될 것 같아서 흔쾌히 허락을 했다.

아들이 가끔씩 플라톤이 어쩌고저쩌고할 때마다 나의 청소년기와 비교를 해보니 내가 아들 나이였을 때, 나는 아들처럼 성숙하고 다방면한 생각을 하질 못했던 것을 발견해서 아들이 철학을 공부하기로 결정한 것에 무척 대견한 느낌이 들었다.

하지만 아들은 머리카락에다 공을 들이고 학교는 몸만 왔다 갔다 하는 수준이었다. 초강력 헤어젤 500그램짜리를 일주일에 다 쓸 정도로 머리에다 한껏 힘을 주고 선글라스를 끼고 학교로 향하는 아들은 할리우드 영화배우 스티븐 시걸 같아 보였다. 그래서 학교 친구들도 스티븐 시걸이라고 아들에게 별명을 붙여 부른다. 하지만 그런 아들을 보며 어떤 인생을 살까? 하는 두려움은 없었다. 다만 아들이 행복한 사람이 되었으면 하는 바람만 있었다.

남편의 이종사촌 중에는 고등학교를 자퇴하고 돈 잘 버는 통나무 자르는 일lumberjack을 한 친척이 있었다. 혈기 왕성한 청소년기에 학교에 다니는 것보다 넘쳐흐르는 에너지로 빨리 돈을 벌고 싶었단다. 그래서 위험하고 힘든 일이라서 많은 보수를 받는 직업인 럼버잭을 하면서 청년기를 보냈다. 그런데 힘이 넘쳐흐르는 시절도 한때인 것을 나이 서른에 느끼자, 다시 늦은 나이에 고등학교 과정을 마쳐 대학에 진학했다. 학사과정을 마치고 나자 법대에 진학해서 현재 캐나다에서 성공한 변호사이자 법대 교수로 살아가고 있다. 그 친척을 볼 때마다 캐나다에서는 언제든지 공부할 기회가 있다고 여겨져 아들이 하지 않겠다는 공부를 굳이 윽박지르면서 시키고 싶지 않았다.

어느 날 집 앞 조경을 하는 석수공이 왔는데 혼자서 일을 하고 있었다. 왜 혼자 일을 하냐고 물어보니 힘든 일이라 사람들이 모두 기피해서 일하는 사람을 고용할 수 없다고 했다. 공부하라는 잔소리 대신 아들의 타고난 탤런트를 찾아 주고 싶었던 나는 그 사람한테 물어봤다.

"우리 집에 힘 좋은 청년이 있는데 한번 고용해 보지 않겠니?"

아들의 다부진 모습을 보고 그 남자는 바로 오케이를 했다. 그래서 아들은 집 앞에서 남들보다 많은 시급을 받으면서 일을 했다. 뜨거운 뙤약볕 아래서 잔디를 걷어낸 후 모래를 깔고 땅을 다지고 조경용 돌을 정원에 까는 일을 10시간 동안 해냈다. 그리고 벌겋게 익은 얼굴을 하고 현관문을 열자마자 대자로 드러누우면서 말을 했다.

"엄마! 나 공부해서 대학 갈게. 도저히 이 일은 너무 힘이 들어서 행복하게 살 수 없을 것 같아."

그 후 아들은 공부를 하기 시작했다. 수학 미적분이 힘이 들 때마다 노동을 했을 때 생기는 불어터진 물집을 상기하는지 공부 못하겠다는 말은 그 후 들어보지를 못했다. 오빠가 무심코 한 소리가 어떤 결과를 몰고 왔는지를 똑똑히 본 딸들은 대학 안 가겠다는 말을 아예

하지를 않았다.

그런데 막내딸이 12학년(고3)때 아르바이트를 하겠단다. 무슨 일을 하겠냐고 하니 식당에서 음식 서빙 하는 일을 해서 용돈을 벌고 싶다고 했다. 시간이 많다고 공부를 하는 것도 아니라는 생각이 들어 흔쾌히 허락해주었다. 하지만 한인 친구들은 나보고 정신빠진 엄마라고 비난을 했다.

"아니, 12학년인 딸이 공부를 해도 부족한데 아르바이트를 시켜?"

"돈도 많은 집이 딸한테 용돈 좀 팍팍 주고 공부만 하라고 하지."

나는 졸지에 미친 엄마가 되었다. 하지만 나는 일을 하면서 많은 사람을 겪어 보면 학교에서는 절대로 배울 수 없는 경험을 하는 것을 안다. 어릴 적 부모님이 안 계신 가게에서 혼자 과일을 팔 때, 나는 어린 나이였지만 많은 사람을 만났고 그 가운데서 사람의 얼굴과 행동의 연관성을 배웠다.

어떤 깍쟁이 아줌마 손님이 오셔서 "꼬마야, 이거 얼마니?"하고 물어보실 때 솔직하게 "열 개에 천 원인데요"하고 대답을 하면 그 아줌마는 장사를 하는 어린아이를 무시해서 봉투에다 재빨리 사과 두 개를 더 집어넣고 돈을 던져 버리고 가는 걸 수없이 경험했다. 그래서 나는 항상 손님이 가게에 오면 이 분이 어떤 손님일까? 하고 2~3초 안에 분석해야만 했다.

그래서 깍쟁이 아줌마 같으면 열 개에 천 원짜리 사과를 여덟 개에 천 원이라고 말해서 그 아줌마가 두 개를 더 집어가도 손해를 보지 않게 영악스러워져야만 했다. 또 어떤 아저씨는 기특하게 꼬마 혼자 가게를 보고 있다면서 칭찬까지 해주시면서 열 개에 천 원짜리 사과를 사고 나서 봉투에서 사과 한 개를 꺼내서 먹으라고 준다.

그래서 나는 마음씨 좋은 아저씨인지 아닌지를 재빨리 분석하고 결정해서 정직하게 사과가 열 개에 천 원이라고 말하면서 장사를 했다. 사람을 빠르고 정확하게 분석하면서 장사를 하던 어린 시절 경험은 내가 성인이 되어 사회생활을 할 때 많은 도움을 줬다.

심지어 창업을 한다고 회계사 자문을 구하러 내 사무실 문턱을 넘을 때 그 사람의 표정, 발걸음과 악수를 통해 사업가로서 자질이 있는지를 판단할 때가 있다. '어, 이 사람은 장사를 하면 안 되는 사람인데 왜 가게를 열려고 할까?'하고 의아해했던 사람들은 2,3년 후에 파산 선고를 하던지 헐값에 가게를 처분하고 만다. 그래서 주위 사람들은 나보고 돗자리를 깔라고 한다. 이 모든 판단력은 많은 사람과 부딪혀 보지 않고서는 절대 얻을 수 없는 것이라고 믿는다.

대략 162개의 언어를 구사하는 토론토의 다문화권 사람들을 경험할 수 있게 나는 고3 딸이 금요일 오후와 토요일 하루를 식당에서 일하게 내버려두었다. 아르바이트로 주말에 공부할 시간이 없어진 막내딸은 주중에 학교에서 점심시간 동안 복습과 예습을 하든지 하면서 시간을 효율적으로 활용하는 법을 배워가며 대입 준비를 해나갔다. 그래서 딸은 지원한 세 개의 대학에서 모두 입학 통지서를 받아 그중에서 제일로 패기 있고 야망이 많은 젊은이가 모여 있다고 본인이 판단한 대학을 선택했다.

그리고 여름방학 동안 여름 캠프에서 태권도를 가르치면서 번 돈과 식당에서 웨이트리스로 일을 해서 번 모든 자금을 가지고 성인이 된 것을 자축하러 유럽으로 배낭여행을 떠났다. 만 열여덟 살이 되자마자 3주간의 배낭여행을 떠났던 딸이 더욱더 성숙한 모습으로 돌아오기를 기대해본다.

대학 입학과 동시에 성인이 되어 부모 품을 떠나는 막내딸을 위해 엄마로서 해줄 수 있는 것은 새로운 세상을 향해 그 아이가 거침없이 내딛는 발걸음을 축복해 주는 것이었다. 그리고 그 축복을 보내며 나는 과감하게 엄마 과정을 24년 만에 졸업하기로 했다.

❉ 예술가 가족

　나는 내 아이들이 예술가로 살아갔으면, 자신의 감정을 언제나 주눅 들지 않고 당당하게 표현할 수 있는 사람이 되었으면, 눈을 들어 하늘을 보고 '아! 아름답다'고 느꼈을 때 가슴속에 일렁이는 감동을 억누르지 않고 큰 소리로 노래를 부를 수 있었으면 한다.

　아들이 열 살이 되던 해에 선언을 했다.

　"엄마, 나는 예술가예요."

　그림을 별로 잘 그리지 못하는 아들에게 "네가 무슨 예술가야?"하고 물어보니, 아들이 당당하게 대답을 했다.

　"사람의 손끝에서 나오는 맛있는 음식을 즐기는 예술가!"

　아이들이 어떤 음식도 잘 먹는 잡식성을 갖게 된 이유는 모두 게으른 엄마 탓이다. 나는 일과, 공부 그리고 육아를 완벽하게 해내는 슈퍼우먼보단 나 자신이 편한 엄마로 살았다. 그리고 요리에 대한 집착도 없고 먹는 것에 연연하지도 않아 아이들 셋이 학교에 들고 가는 점심 메뉴는 항상 흥미로웠다. 오늘 점심이 뭐냐는 아이들에게 서프라이즈라고 대답했다. 엄마가 싸준 점심은 필시 국제화된 점심일 거라고 감지한 아이들은 군말 없이 점심 보따리를 들고 갔다.

월요일은 스파게티와 마늘 빵
화요일은 엊저녁에 먹다 남은 닭똥집 볶음과 찬밥 덩어리 하나
수요일은 마호 병에 육개장 국물과 토스트 두 장
목요일은 찹쌀 시루떡 서너 쪽과 증류수
금요일은 치즈 샌드위치와 귤 두 개

얼굴을 찌푸리고 밥그릇 들고 쫓아다니며 밥 먹이는 엄마가 아니라 밥 먹기 싫다는 아이는 며칠이고 굶기는 엄마였다. 그래서 그런지 세 녀석 모두가 음식 타박을 안 한다. 아이들은 우유가 없을 땐 시리얼에 보리차를 부어 마시던지, 시리얼이 없을 땐 쌀밥을 우유에 말아 시원하게 먹고 아침 등굣길을 나섰다.

그리고 한국 음식도 많이 먹여 글로벌한 입맛을 지녔다. 초여름에는 뒤뜰 텃밭에서 수확한 마늘종으로 장아찌를 담그는 걸로 시작해서 초겨울에는 아이들의 세계화된 음식 문화를 위해 김장을 거창하게 한다. 긴 겨울날 온종일 스키를 타고 온 아이들은 느글거리는 뱃속을 진정시키기 위해 맹물에 밥을 말아 김치를 쭉쭉 찢어서 얹어 먹는다.

내가 막내를 낳고 병원에서 일주일을 보내는 동안 시어머니가 큰애 둘을 돌봐주실 때도 떨어져 있는 엄마의 품속을 파고들듯 아이들

은 밋밋한 영국 음식보다 매콤한 한식을 찾았다.

시어머니는 혼혈인 손자들이 귀여워서 뭐든지 해주고 싶어 하셨다. 그래서 매일 아이들이 주문하는 음식을 모두 해주겠노라 약속을 하셨다. 그런데 아이들이 주문한 '킴팝'은 시어머니가 칠십 평생을 살았어도 한 번도 들어보지 못한 희귀한 음식 이름이었다. 무슨 소리인지조차 알아듣지 못한 시어머니는 병원으로 전화를 하셨다.

"킴벌리, 아이들이 킴팝을 해달라고 하는데 어떻게 만드는 음식인 거니?"

아이들이 엄마가 부재중일 때 먹고 싶은 음식은 김밥이었다. 그래서 나는 시어머니께 전기밥솥으로 밥 짓는 법을 알려 드리고 냉장고에 있는 미리 구워 놓은 김을 꺼내 아이들에게 주면 된다고 했다.

새로 나온 영화를 보러 가자는 아이들의 성화에 운전대를 극장 쪽으로 돌릴 때도 아이들은 팝콘과 콜라보다 돼지 족발과 순대를 가지고 들어가서 먹고 싶어 한다. 아빠가 질색하는 새우젓 냄새 때문에 우리는 초단기 이산가족이 되어 영화 관람을 한다. 팝콘과 탄산수를 마시는 아빠와 아들은 다른 사람들 틈에 껴서 중간쯤에 앉아 있지만, 딸내미 둘과 나는 사람들이 앉아 있지 않은 맨 앞자리에서 족발을 오도독 뜯으면서 영화 관람을 아주 쫄깃하게 한다. 영화 관람을 끝내고 나올 때면 막내딸은 잊지 않고 먹다 남은 족발 한 점을 후하게 아빠에게 권한다.

"아빠! 맛있는 족발 한쪽 먹어 봐요!"

"No thanks, thanks anyway……. (사양할게, 하지만 권해줘서 고마워.)"

하지만 신혼 초에 마누라가 김치를 먹은 후에는 냄새가 난다고 키스도 안 해 준다며 앙앙대던 남편도 이제는 어리굴젓을 먹는 잡식성이 되었다.

이렇듯 한국, 일본, 유럽, 남미, 아프리카 음식 등 모든 음식을 맛있게 먹는 우리 가족 모두는 세계의 맛을 즐기고 그 감정을 맘껏 표현하며 사는 음식 예술가가 되었다.

✳ 고귀한 생명

아이들에게 생명의 고귀함을 가르쳐 준 스승은 사람이 아니라 연약한 반려 동물이었다.

"엄마! 마일로 나가니깐 문 확 열지 말랬잖아!"

"아빠! 마일로가 나갔어요. 잡아다 주세요."

학교에 갔다가 저녁 늦게 온 나를 반기는 것은 네발 달린 강아지 마일로다. 잭 러셀의 종류인 마일로는 차만 보면 저도 그렇게 달릴 수 있다는 확신이 드는지 왕왕거리면서 달려나가려고 했다.

그날도 예외 없이 마일로는 내가 오는 발소리에 먼저 현관문으로 나와 기다리고 있다가 문을 열자마자 잽싸게 뛰어나가 트럭에 치였다. 개를 쫓아나간 남편은 30분이 넘어서야 집으로 돌아왔다. 그리고 마일로가 하늘나라 가는데 마지막으로 작별인사를 하라고 식구들을 가슴 아프게 불렀다. 밖으로 도망 나간 마일로를 아버지가 무사히 데리고 오는 줄 알고 안심하고 영화를 보던 아이들은 득달같이 밖으로 나와 죽음의 문전에서 안간힘을 쓰는 마일로를 보며 폭포 같은 눈물을 흘리기 시작했다.

"아! 엄마 때문이야. 왜 문을 조심히 열지 않고 확 열었어! 흑흑, 엄마는 마일로를 좋아하지 않았어. 오늘 아침에도 지저분하다고 마일로를 다른 집에 주자고 했잖아! 그래서 일부러 그런 거야! 흑흑."

뜻하지 않은 늦저녁의 초상에 우리 모두는 울음보의 셔터문이 확 열려버렸다. 그동안 정들었던 마일로도 불쌍했지만 아이들의 원망에 미안도 하고 섭섭하기도 해서 나 또한 메마른 눈물샘을 마구 짜내었다.

"그래! 이놈들아! 엄마가 죽으면 눈물 한 방울도 안 흘릴 놈들."

"내가 얼마나 개를 좋아하는데……. 나쁜 놈들! 그게 왜 엄마 탓이야! 마일로 팔자지."

아이들 앞에서는 평생 팔자를 안 믿는다고 팔자를 칠자로 만들던지 아니면 구자로 바꾸어서 살라고 큰소리칠 땐 언제고, 마일로가 죽었을 땐 말빨이 안서서 그런지 난 그저 팔자라고 구시렁거리기만 했다.

나는 아이들에게 생명의 고귀함을 가르쳐 주기 위해 반려 동물들을 키우게 했다. 물고기 두 마리, 기니피그 가족, 그리고 강아지 한 마리는 아이들에게 생명의 소중함을 가르쳐 준 스승이 되었다.

기니피그 가족의 수장인 제일 나이 든 수놈이 죽었을 때 둘째 아이는 인공호흡을 해가면서 살려보려고 안간힘을 썼다. 기니피그 입에 어린아이가 크게 호흡을 불어넣어 주니 손바닥만 한 기니피그 허파가 몸집보다 더 크게 풍선처럼 부풀어 올랐다. 최선을 다해 작은 생명을 살리고자 했던 둘째 아이는 커서 채식주의자가 됐다. 아마 어릴 적 생명이 꺼져가는 동물들을 보고 느낀 게 많아서 그런 게 아닐까?

강아지 마일로의 시신을 묻기 위해 남편이 삽을 가지고 땅을 파기 시작했다. 칠흑 같은 밤하늘을 보며 뒤뜰의 한구석을 파는 남편은 무슨 생각을 할까? 아이들의 멈추지 않는 눈물방울이 뒤뜰 구석에 켜진 전등불에 반사되어 반짝일 때, 나는 멀리 보이는 밤하늘의 별빛 같은 나의 친구 '잭'과 함께한 어린 시절 추억 속으로 미안함을 숨겼다.

대전 홍도동 빈민촌에 사시던 작은 외삼촌은 유달리 짐승들을 좋아하셨다. 사육 목적이 보신탕집에 팔아먹을 멍멍이탕 감인지는 알 수 없었지만 어쨌든 외삼촌은 많은 잡종개를 키우셨다.

초등학교 5학년 여름방학 때 갈 데가 없던 나는 외삼촌 댁에 갔다. 똥구멍이 찢어지게 못 사는 외삼촌네였지만 내가 보기엔 먹을 것이 많았다. 초가집 위에는 여름 내내 찌개를 끓여 먹어도 없어지지 않을 돌덩이만 한 조선호박이 주렁주렁 열려 있고, 몇 평 안 되는 앞마당에는 토마토가 심어져 있었다. 장님인 외할머니를 골려 먹다가 심심하면 토마토를 따 먹으면서 놀았다. 대전역 앞에서 냉차 장사하는 외숙모가 아침에 만들어 갖고 나가신 냉차를 다 못 팔고 집으로 돌아오시는 날도 먹을 복이 터지는 날이었다. 사카린의 단맛이 강한 냉차가 데워져서 밍밍해진 것을 마시는 것도 그런대로 괜찮았다.

먹는 것보다도 더 재미있는 건, 갓 낳은 새끼 강아지를 보는 것이었다. 새끼를 지키려고 한시도 놓치지 않고 눈을 번뜩이는 어미개 품에서 새끼 강아지를 꺼내 내 손에 안겨주시는 외삼촌의 친절은 나를 항상 감동시켰다. 그때 외삼촌은 늘씬한 포인터 종류의 강아지를 내 품에 안겨 주시며 같이 놀게 했다.

컹컹거리는 모습이 너무나 귀여워서 난 잭이라는 이름까지 붙여 주면서 정을 들였다. 여름방학이 다 끝나갈 무렵 나는 잭과의 이별이 아쉬워서 온종일을 같이 지냈다. 그런 나를 보신 외삼촌은 잭을 갖고 싶으면 서울로 데리고 가라고 하셨다. 빈민촌의 백수이신 삼촌은 자가용이 있기는커녕 짐자전거 하나 없으니, 잭을 서울로 데리고 갈 문제가 심각했다. 그렇다고 잭을 포기하고 싶지는 않았다. 삼촌은 언제 구해 오셨는지 라면 상자에다 잭이 숨을 쉴 구멍을 송곳으로 뽕뽕 뚫으셨다. 그리고 기차 시간에 맞춰 잭에게 시금털털한 막걸리를 한 숟갈씩 빠알간 목젖 뒤가 보이는 곳으로 꼴깍 소리가 나도록 넘기셨다. 술맛에 인사불성이 되어버린 잭을 담은 상자는 할머니가 빌려준 보자기에 시골 보따리장사 꾸러미처럼 야무지게 싸였다.

"아이고! 이 화상! 아니 시장 바닥에서 어떻게 개를 키운다고 개야! 으이고 이 푼수!"

엄마의 눈총에 아랑곳하지 않고 나와 잭은 그해 늦여름부터 시작해서 가을까지 너무나 잘 지냈다. 우렁찬 잭의 목소리로 인해 우리 집 저녁상이 이웃집의 불평으로 채워지곤 했지만 말이다.

그러던 어느 날 잭을 정말로 잘 키워주겠다는 분이 나타나셨다. 그분은 단독주택에서 살기 때문에 잭이 편하게 잘살 수 있다는 엄마의 말을 믿고 난 잭을 종종 볼 수 있다는 약속을 한 후 잭과 헤어졌다. 잭은 가끔씩 아저씨랑 시장에 들렀고 여전히 나를 알아봐 줘서 난 너무 기뻤다.

그런데 그해 겨울이 지나고 봄이 오고 여름이 왔을 때, 난 잭을 다시 볼 수가 없었다. 잭을 잘 키워주겠다는 새빨간 거짓말을 한 그 아저씨는 송아지만 한 잭이 맛있어 보여 그 다음 해를 넘기지 못하고 잭으로 영양보충을 했다고 한다. 잭의 죽음을 전해 들었던 보슬비가 내리던 늦여름에 이 엄마의 눈망울에도 커다란 눈물방울이 맺혀 있었다면 아이들이 믿어 줄까?

내 새끼들아! 한 생명과의 이별을 너무 슬퍼하진 말아라. 그리고 마일로가 너희에게 선사한 행복했던 순간들을 가슴속에 간직하면서 생명의 소중함을 깨우치기 바란다!

✽ 시부모님이 주신 예물

우리가 결혼을 한다고 했을 때, 시아버지는 남편에게 따뜻하고 진심 어린 조언을 하셨다.

"이제 결혼을 하면 너는 너의 가정이 탄 배의 선장이 되는 것이다."

"그 누구도 너 대신 네 가족이 탄 배를 항해해주지 않는다는 것을 명심하길 바란다!"

시아버지는 결혼 예물로 돈을 주셨다. 자고로 사람은 잠을 잘 자야 다음날 일을 하는데 아무런 지장이 없으니 좋은 침대를 하나 장만할 수 있는 돈과, 낮에 활동하는데 발이 편해야 하니 좋은 신발 한 켤레를 구입하라고 천 불을 주셨다.

시어머니에게도 값진 뜻을 간직한 예물을 받았다. 그건 쿠폰북이었다. 시아버지 혼자 벌어 오는 봉급을 가지고 팔 남매를 키우면서 살림을 알뜰하게 할 수 있었던 것은 쿠폰의 힘이라면서 헝겊으로 만든 진한 분홍색 쿠폰북을 주셨다. 그 안에는 만기가 지나지 않은 다양한 쿠폰들이 채워져 있었다. 오십 센트짜리 세탁비누 쿠폰, 일불 오십 센트짜리 시리얼 쿠폰, 하다못해 여자 생리대 쿠폰까지 들어 있었다.

나는 시부모님이 주신 결혼 예물을 감사한 마음으로 받았다. 시아버지는 캐나다에서 태어나 열일곱 살 때 캐나다 왕립 공군으로 제2차 대전에 참전하셨다. 전쟁 기간 동안에는 아프리카 알제리에서 복무를 하셨는데 독실한 천주교인으로서 전쟁통에도 빠짐없이 성당에 나가 미사를 드리셨다고 한다.

임무를 마치고 잠수함을 타고 캐나다로 돌아오시는데 독일군의 공격을 받았다. 많은 동료가 죽고 시신은 모두 훼손이 되어 찾을 수가 없었는데 주무시고 계셨던 시아버지는 머리에 약간의 상처만 났다고 했다. 전쟁의 참상으로 삶과 죽음이 스위치 하나 켜는 것처럼 순간적인 것임을 깨달은 시아버지는 살아 숨 쉬는 순간들을 아주 겸허하게 받아들이시는 분이다.

그래서 가끔씩 "어떻게 지금까지 살아오시면서 겪은 힘든 과정을 다 견딜 수가 있었나요?"하고 여쭤보면 시아버지는 서슴없이 대답을 해주신다.

"모두 주님의 은혜지……."

매순간 시아버지께서 하시는 부드러운 말씀엔 거역할 수 없는 지혜가 가득 실려 있다. 이제 구순에 가까운 연세이지만 매주 세 번씩 거동이 불편하신 남자 어르신들을 목욕시키는 자원봉사를 하시고 크리스마스 때는 불우한 어린이들을 위해 장난감 모으는 일을 하고 계신다.

시아버지께서 몇십 년을 해오신 자원봉사와 삶을 소중히 여기는 정신은 값싸게 돈으로 살 수 있는 것들이 아니다. 시아버지를 보면서 나 또한 저렇게 살고 싶다 하는 마음 자세를 가졌기 때문에 나는 정말로 행운아인 것 같다는 생각을 많이 한다.

나는 내 어머니가 원했던 생명이 아니었기에 생일 미역국도 얻어먹어 본 적이 별로 없다. 하지만 시어머니한테는 넘치는 사랑을 받았다. 남편과 결혼을 한 후 내 생일에는 한 해도 거르지 않고 시어머니가 보내주신 생일 축하 카드와 나이에 맞는 수표를 받았다. 스물세 살 때는 이십삼 불짜리 수표를 받았다.

연금으로 살아가는 시부모님이 손자 스물세 명의 생일에도 수표를 보내시니 얼마나 부담을 갈까? 하는 생각에 내 나이 마흔다섯 살 때 보내주신 수표는 은행에 넣지 않았더니, 더는 수표를 보내오지 않고 생일 카드만 잊지 않고 보내신다.

그리고 시부모님은 항상 내게 삶을 어떻게 사는 게 정답인지를 알려 주신다. 셋째 시누이가 아기를 못 낳아 남아메리카 페루에서 갓난아이 둘을 입양했다. 그때 시부모님이 제일 먼저 하신 일은 유언장을 바꾸신 거였다. 지금까지의 유언장에는 피를 통해 손자가 된 자손들만 유산을 받는 걸로 해 놓았는데, 이제는 입양해온 아이 둘도 엄연히 손자들이니, 그 아이들에게도 유산이 남겨지기를 바라신다면서 변호사를 다시 선임해서 새로운 유언장을 작성하셨다. 그리고 새로운 유언장의 핵심을 모든 자손에게 발표하셨다.

날개 없는 천사 같으신 건강한 영혼의 시부모님은 내가 남편과 결혼을 하면서 받은 최고의 예물이라고 말할 수 있다. 밴쿠버에서 사시면서 여전히 쿠폰을 오려 가지고 매년 토론토에 오셔서 한 달씩 우리랑 함께 지내다 떠나시는데, 나는 그분들이 돌아가시면 머물던 손님방에 들어가 그분들의 향을 맡는다. 그리고 그분들이 주신 사랑이라는 예물을 가슴 깊은 곳에서 꺼내 그분들이 떠난 후 남겨진 허전한 마음을 달랜다.

"두 분 오래오래 건강하게 사세요! I love you!"

✳ 악덕 며느리도
좋은 시어머니가 될 수 있을까?

이혼을 하는 친지들을 볼 때마다 나는 서양인 시부모님께 효도하는 방법은 무엇일까? 하는 생각을 하게 된다.

팔 남매를 키우시고 남의 자식 여덟 명을 가슴에 품어 내 자식으로 만든 시부모님을 보면서 나는 너무나 많은 지혜를 얻게 되었다. 딸 다섯을 키우다 보니 다섯 명의 각양각색의 사위를 맞으셨다. 많이 배운 사위, 싸가지 없는 사위, 유명한 사위, 공처가 사위, 못 배웠지만 마음 씀씀이가 좋은 사위 등 다채롭다.

아들 셋을 통해 얻은 세 명의 며느리는 하나같이 다 기가 센 여자들이다. 예물로 남편한테 받을 다이아몬드 반지를 본인이 사가지고 시집온 부잣집 막내딸 며느리, 발레와 클래식 음악을 모르는 사람하곤 말도 섞지 않는 우아한 며느리, 무수리처럼 청소를 잘하는 며느리. 이런 열여섯 명의 머리 큰 군상들과 그들의 조무래기 스물세 명의 손자 손녀의 수장으로 계신 우리 시부모님은 가장 가까운 데서 나에게 사랑과 행복이 무엇인지를 가르쳐 주신 분들이다.

60년이 넘도록 함께 살아온 두 분은 지구 건너편에 있는 조그마한 나라 한국에서 전쟁이 일어난 날, 1950년 6월 25일 부부의 연을 맺으셨다. 그래서 몇십 년 후에 한국인 며느리를 맞이하셨던 걸까? 그래서 사람들이 인생에서 우연은 없고 모든 것이 필연이라고 하는 걸까?

딸 다섯 중에 넷째 딸로 태어난 어머님은 어머니 사랑을 듬뿍 받지 못하셨다고 한다. 하지만 영국 해군으로 제1차와 2차 대전에 출전한 아버지의 사랑은 한몸에 받으셨다고 한다. 짧은 친정아버지의 삶이었지만 그분이 남겨 주신 사랑에 대한 추억 때문인지 어머님은 막내아들인 내 남편의 이름을 친정아버지의 이름과 똑같이 지어 주셨다. 그래서 그런지 막내아들을 볼 때마다 "너는 내 친정아버지랑 너무 닮았어!"하며 사랑스러운 눈으로 바라보시곤 한다. 그런 시어머니의 기대 때문인지 남편 또한 시어머니의 마음을 잘 헤아릴 줄 아는 효자다.

남편은 시애틀로 출장을 갈 때면 시부모님이 사시는 캐나다 서부 항구 도시인 밴쿠버에서 꼭 주말을 보내고 온다. 시부모님은 매년 순회공연 하는 연예인처럼 영국과 캐나다 동부에 사는 자식들을 방문하고 마지막으로 우리 집에 오셔서 여름을 마치신다.

시부모님은 가만히 앉아 며느리가 해주는 대접을 받고 계시는 분들이 아니다. 그래서 나는 종종 악덕 며느리가 되어 시부모님을 부려 먹는다. 빨래가 취미인 시어머니에게 산더미 같은 빨래 세탁과 다림질을 부탁한다. 팔 남매를 키우실 때 온종일 서서 가사 노동을 하신 터라 시어머니 다리에는 굵은 힘줄이 툭툭 튀어나와 있다. 그런 시어머니의 다리를 볼 때마다 짠한 마음이 들지만 그냥 소파에 앉아서 무료하게 시간을 보내는 걸 원치 않으셔서 소일거리를 드릴 때가 많다. 감자 껍질을 깎아 달라든지, 남편이 좋아하는 로스트비프를 만들어 달라든지 하는 염치없는 부탁을 한다.

시아버지에게는 설거지를 해달라고 부탁을 한다. 평생 시어머니를 도와 커다란 솥단지를 설거지 해주신 분이라서 그런지 막내며느리의 부탁을 흔쾌히 받아들이신다. 이건 누가 손님이고 주인인지 구별이 안갈 정도로 시부모님은 기쁜 마음으로 무료 노동을 제공해 주신다.

하지만 다른 자식들에게 이런 내 흉을 보실 거라는 강박 관념도 없다. 시부모님이 우리에게 다른 자식 흉을 보신 적이 한 번도 없기 때문이다. 오히려 듣기 거북할 정도로 칭찬과 이해를 해주신다.

1년에 한 번씩 오시는 시부모님을 공손히 대접을 해 드리는 것이 효도다. 하지만 나의 시부모님은 나이가 들수록 대접받기를 원해 젊은이들에게 짐으로 다가오는 어른이 아닌, 언제든지 젊은이들이 기댈 수 있는 서포터 역할을 해주는 게 진짜 어른임을 알려 주시는 분들이다. 그래서 나는 뻔뻔하게 시부모님께 많은 일을 부탁드린다.

그런데 악덕 며느리도 좋은 시어머니가 될 수 있을까? 하나밖에 가질 수 없는 며느리가 나를 마구 부려 먹으면 나 또한 시부모님처럼 휘파람을 불면서 신나게 노동을 제공할 수 있을까?

나 또한 우리 시어머니를 본받아 나의 며느리에게 사랑과 행복을 전해주고 싶다.

5부 ✾ 나의 꿈과 비전

나는 새로운 꿈을 꾼다.
내가 가진 것들을 이웃과 기꺼이 나누고 사는 것을,
그리고 더는 누구도 미워하지 않고 화해하며 사는 것을……,
그리고 내 조국에게도 바라는 것이 있다.
풍요의 나라가 된 한국에 새로운 희망을 불어넣어 주는
'결혼 이주 여성'들을 사랑해 주기를,
그들의 손을 꼭 잡아주기를 바란다.

✳ 메이드 인 코리아

    우리 개개인은 내 가족, 내 나라, 그리고 내 종교를 대표하는 외교관인 것 같다.

    항상 집을 깨끗하게 정돈하는 마누라와 살아서 그런지 남편은 코리안들은 밥은 안 먹어도 집은 깨끗이 치우고 사는 사람들인 줄 알고 있다. 또한 코리안들은 집념이 강하고 신용이 확실한 사람들이라고 믿고 있다. 그래서 임대 주택을 구입해서 세입자를 구할 때 남편은 한국 사람한테 임대를 하면 임대비도 밀리지 않고 집을 깨끗하게 쓸 거라고 믿을 정도다. 반면에 나는 영국계 캐나다인인 남편과 몇십 년을 살면서 영국계 사람들의 확실한 자기절제와 외유내강인 모습을 보고 나 나름대로의 생각이 형성이 될 때가 있다.

    '영국계들이 저렇게 독종이구나. 그러니 전 세계를 지배할 수 있었겠지……'

    하지만 그냥 남편과 아내로 살면서 아이들 낳고 가정을 꾸릴 때 우리는 서로 다른 인종이라는 것을 느끼지 못한다. 그냥 사랑하는 사람이라는 것 외에 다른 느낌은 없이 산다. 누군가가 "남편이 캐나다인이군요!"하고 지적해 줄 때나 길 한복판에서 사람들 속에 섞여 있는 코리안이 아닌 남편의 겉모습을 보고 비로소 '아! 그렇구나, 내 남편이 캐나다인이지······.' 하고 우리가 다문화 가족임을 실감한다.

친탁을 한 막내딸과 외탁을 한 큰애의 다른 모습을 보고 식품점 한인 점원이 아주 흥미로운 질문을 할 때도 있었다.

"실례하는데요, 아이들 아버지가 똑같은 사람인가요?"

"아니요. 막내딸 아버지는 벨을 두 번 울리는 우편배달부입니다."

다소 무례한 질문이지만 나는 그냥 웃으면서 농담으로 대꾸한다.

이렇게 우리 아이들의 얼굴처럼 다문화 가족은 각기 다른 나라의 좋은 문화만 골라 나름대로 하이브리드 문화를 창조해가면서 살아가고 있다. 그래서 우리 아이들은 한국과 영국 풍습에 전반적인 이해를 갖고 커 나갔다.

나는 다문화 가정 안에서 성장해 가는 아이들이 특별한 의무를 가지고 태어났다고 생각한다. 한 문화의 우월성과 열등성을 정의하는 게 아니라 스스로 본인의 존재 의미를 깨우치고 느끼는 과정을 겪은 후 세상에 나와 모든 문화의 다양성과 아름다움을 표현하는 의무 말이다. 우리 다문화 가정 아이들은 인종으로서 부모를 보는 게 아니라 그저 엄마 아빠의 모습으로 보며 아무런 여과 과정을 거치지 않고 순수하게 두 가지 문화 속에서 살기 때문에 그런 의무를 잘 수행할 수 있다. 다른 문화와 인종에 대한 두려움과 멸시는 무지에서 오는데, 다

문화 가정 아이들에겐 무지의 여지가 없다. 그저 다문화는 한 가족이 함께 공유해야 할 소중한 자산이다.

카멜레온처럼 캐나다에 잘 적응하면서 살아가는 활기찬 내 모습을 보고 가끔씩 남편 친구들은 남편에게 이렇게 묻는다.

"네 아내는 한국산이냐? 캐나다산이냐?"

"등판에 메이드 인 코리아라고 상표가 선명하게 찍혀 있는 한국제야! 그런데 캐나다에서 오래 살다 보니 원산지가 불분명하게 되어 버렸지."

라고 남편은 대답을 한다.

나를 통해 남편이 모든 한국 사람을 평가한다고 생각하기 때문에 나는 남편에게 한인 고객들이 회계비를 떼어먹고 '배 째라!' 한다는 소리를 하지 않는다. 인정이 많은 한인 고객들과 일을 하니 나는 제일로 행복한 회계사라며 오히려 허풍을 떤다. 남편 또한 시집 식구 중에 누가 수치스러운 일을 하거나 불미스러운 일을 겪으면 자기 동기간을 감싸 주느라 나쁜 뉴스는 쏙 빼놓고 좋은 소식만 알려 준다. 알려 주지 않아도 눈치로 감을 잡지만 시집 식구들의 자존심을 생각해서 꼬치꼬치 캐묻지 않고 그냥 모르는 척한다.

한국산 여자랑 몇십 년을 살면서 겪어 보니 그런지, 아니면 낙제 점수는 넘은 아내라 그런지 남편은 점점 친한파가 되어 간다. 일주일 만에 한글을 독학으로 터득해서 무슨 뜻인지 알지는 못해도 큰 소리로 한국 신문을 곧잘 읽고 한글로 짧은 편지를 써서 줄 때도 있다.

이른 새벽부터 마누라가 뽕짝이 당긴다고 머리에 까치집을 지은 채 한국 노래를 부르면 "잘한다! 멋지다!" 추임새를 넣어주면서 주방 한 켠에서 베이컨을 구우며 젓가락으로 장단을 맞춰준다. 또 어느 식당에 가서 김치를 먹어 보고 감칠맛이 난다는 둥 그럴싸하게 김치 평도 할 수 있는 반 코리안Quasi-Korean이 되었다.

그리고 항상 차를 사면 일본차나 독일차를 구입했던 남편이 이제는 한국차를 구입한다. 이유인즉, 메이드 인 코리아 아내하고 몇십 년을 살았는데 이젠 한국산 차를 타고 다녀야 하지 않겠나? 하면서 말이다. 그러면서 "메이드 인 코리아 넘버 원!"을 외친다.

✾ 새로운 인재, 다문화 가정 여성들

해마다 나는 연례행사처럼 친정 나들잇길을 나선다. 그 길은 계절의 순리대로 강남으로 떠나는 철새들의 순례길 같다. 중년이 된 이 나이에도 말이다.

지난겨울 17시간 동안 비행을 하면서 기내에 비치된 한국 신문을 읽었다. 그중에 유독 나의 관심을 끄는 것이 한국 남성들과 결혼하는 결혼 이주 여성 가족이 커플 10쌍 중 1.3쌍을 차지한다는 기사였다.

잘 되는 집안에 사람들의 왕래가 많듯이 내 고향 한국은 인간 지남철이 된 풍요의 나라가 되었다. 그래서 코리안 드림을 바리바리 싸가지고 온 다양한 결혼 이주 여성들과 지하철에서 만나 눈인사를 할 때면 28년 전 나 또한 결혼 이주 여성의 한 사람으로 한국을 떠났음을 상기하게 된다.

길고 긴 터널 속처럼 끝이 보이지 않는 거친 회색빛 인생을 윤기나는 핑크빛으로 바꾸고 싶었던 그때 나의 모습을 떠올려 보니, 우리 결혼 이주 여성들도 나와 같은 색깔의 꿈을 갖고 있는 듯하다.

귀밑에 난 솜털이 아직도 뽀송하게 남아 있는 만 열아홉 살의 어린 내 손엔 아무것도 없었다. 그저 아무에게도 빼앗길 수 없는, 풍요한 삶의 자양분인 희망이라는 글자와 먼 산 너머에 걸려 있는 무지개처럼 허황되게 보일 수 있는 꿈이라는 것이 있을 뿐이었다. 또 그 희망의 길은 혼자 외롭게 걸어가야 하며, 누가 대신 살아 줄 수 없는 힘든 여정의 길이었다. 그래도 그 길을 택할 수 있었던 것은 꿈과 희망에 대한 강한 의지가 있었기 때문이었다.

우리 다문화 가정은 그야말로 꿈밖에 가진 것이 없는 여성들이 가꾸어 가는 가정이다. 하지만 같은 조국을 가진 동포들이 보내는 동정의 눈빛과 말투는 나에겐 도움이 아니라 상처가 되었던 순간들이 많았다.

"메쑤 엄마, 정말 시집 잘 갔어! 어영부영한 한국 남자보다 그래도 얌전한 메쑤 아빠 같은 서양 애들이 낫지!"

"서운하게 듣지 말아요, 한국 기준으로 본다면 메쑤 엄마가 남들보다 잘 배우고 잘난 인물이 있는 것도 아니고 그렇다고 남들처럼 훤칠하게 키가 큰 것도 아니잖아."

한 성깔 하는 나였지만 무지한 그들에게 화를 내봐야 허공에 해대는 외침처럼 계몽이 되지 않을 것을 뻔히 알기에 나는 속으로 삭이면서 마음을 달랬다.

'아니, 이 여편네들이 눈들이 삐었나. 어떻게 내 남편을 어정쩡한 남자랑 비교를 하는 거야! 자기들이 가지고 있는 왜소증 콤플렉스를

왜 이렇게 남한테까지 가져다 대는 거야!'

그들이 모르고 있는 것이 있다. 내가 한국 남자랑 결혼할 수 없어서 할 수 없이 캐나다인과 결혼한 것이 아니라, 내가 선택한 남자가 캐나다인이었다는 것을 말이다. 그런데 무언으로 항변하는 시간이 지나가자 지난날 노골적으로 나에게 해댔던 질문의 색깔이 연한 파스텔톤으로 변해 갔다.

"우리 딸이 올해 대학교 졸업하는데 메쑤 아빠 같은 캐나다 남자를 만날 수만 있다면, 난 한국 사위보다 캐나다인 사위를 얻고 싶어. 여자를 그렇게 키워줄 수 있으니 말야."

"내가 우리 딸보고 캐나다 사위는 절대로 안 된다고 하니 글쎄 우리 딸이 뭐라고 하는지 알아요? '엄마, 미세스 하울을 봐! 얼마나 잘 사나. 엄마는 아빠랑 사는 게 행복해?' 아 글쎄 딸년이 그러는 거 있지?"

작고 연약한 나의 씨앗이 캐나다 토양에서 싱싱하고 튼실한 뿌리를 내려 한국계 캐나다인으로 살 수 있도록 도운 것은 교포들뿐만 아니라 친절한 다국적 캐나다인들의 도움도 컸다.

영국계 캐나다인 남편, 그리스계 캐나다인 해리스 목사님, 유대계 캐나다인 주치의 닥터 시갈, 일본계 캐나다인 치과 의사 닥터 아주마, 체코계 캐나다인인 상사 닥터 매제스키와 중국계 캐나다인인 한의사 닥터 장, 한국계 캐나다인 이웃사촌 죠앤 황……

매순간 뒤돌아보면 그분들은 작고 보잘것없는 나라에서 온 결혼

이주 여성으로 나를 보신 게 아니라, 한국계 캐나다인으로 성장하게
될 나의 모습을 보고 관심과 사랑으로 평등하게 대해준 거였다. 그래
서 그분들은 내가 배우고, 따라 하고 싶어 하는 롤모델로 오늘도 가슴
속에 살아 계시다. 그리고 이제 우리 한국인들도 우리와 함께 걸어갈
이주 여성들에게 선입관을 버리고 반갑게 맞이해야 한다.

이 순간에도 지구촌 한곳에서는 한 여성이 한국행 비행기를 타기
위해 보따리를 싸고 있거나, 어수룩한 모습으로 커다란 인천 공항에
주눅 든 눈망울을 굴리면서 새 삶의 한 발자국을 내딛고 있을 것이다.
그런 여성들을 우리는 감싸 안아야 한다. 냉정한 머리가 아닌 훈훈한
가슴으로 끌어안아 훗날 다문화 코리안으로 함께 성장하도록 도움을
주어야 한다. 그들은 새로운 한국을 창조해줄 일꾼이며 훌륭한 인재
들을 낳아줄 어머니이기 때문이다.

✽ 자원봉사 강의

나는 '돈을 얼마만큼 벌면 행복할 것 같아!'라는 행복론을 갖고 있지는 않다. 돈이 많은 사람들을 만나보았지만 그들의 삶이 나 같은 소시민과 별로 다를 게 없었기 때문이다. 그리고 돈이 많으면 오히려 손에 쥔 것을 잃어버릴까 봐 더 불안한 마음을 갖고 지옥을 만들고, 그속에서 허우적거리게 된다는 것을 어느 날 내가 돈벼락을 맞았을 때 알았다.

남들 보기에 지지리 궁상의 표상 같은 나의 삶이 성실한 남편 덕에 우렁차게 치는 돈벼락을 맞게 되었다. 많이 가진 사람들이 보기엔 내가 삼십 대 후반에 맞은 돈벼락을 보고 '에게…… 겨우?'라고 말할지 몰라도 그건 나에겐 분명히 돈벼락이었다. 은퇴하기 전에 주택 모기지를 모두 상환하면 재정적으로 성공한 것이라 하셨던 시아버지 말씀에 수긍하면서 살지 않아도 될 정도였다.

세무청에 일반 봉급쟁이들의 몇 년 치 연봉을 세금으로 낼 때 너무나도 뿌듯했다. 내가 첫 아이인 피터를 잃고 중환자실에서 2주씩이나 돈 걱정 없이 치료를 받을 수 있었던 것은 이름 모를 이들이 피땀 흘려 벌어 꼬박꼬박 낸 세금 덕분이었다. 때문에 나는 마치 사랑의 빚을 말끔히 청산한 기분이 들었다.

그런데 '아아, 이걸 보고 쥐구멍에도 해 뜰 날이 있다고 하나 보네' 할 정도로 재정적인 문제가 해결되자 갑자기 나태와 안일한 마음이 거센 밀물처럼 차오르기 시작했다. 고장난 레이더에 잡히는 둔탁한 소리처럼 갑자기 내가 어디로 가야 하는지 방향 감각에 혼선이 오기 시작했다.

저렴한 포도주 한잔이 목구멍을 넘어갈 때 행복해했던 나의 순수함은 쏟아진 알코올처럼 어디론가 날아가 버렸다. 한 근에 오십구 센트 하는 바나나를 사러 간 남편이 다른 슈퍼마켓에서 십 센트 싸게 팔아 다녀오느라고 늦었다고 하면, 차 기름값이 더 들겠다고 핀잔을 주면서 거드름을 피우는 나 자신을 발견했다. 눈부시게 하얗게 빤 광목처럼 맑은 정신을 가진 내 모습은 찾을 수 없고 추한 생각이 반짝임을 잃어버린 동공 속에 꽉 차 있었다.

'이런 정신을 갖고 있는 건 살아 있어도 살아 있는 게 아닌데……'

나 자신을 재정비해야만 할 것 같았다.

예전에 나는 가난한 살림살이를 꾸려도 가진 사람들이 밉거나 부럽지가 않았다. 또한 내 인생은 왜 이러지? 하는 괴리감조차 들지가 않았다. 그저 고맙고 행복했다. 은행 잔고가 바닥을 치고 있어도 나는 이상하게 내가 부자라는 생각이 들었다. 아이들 부자, 남에게 지지 않을 정도의 수다 실력 부자, 열정을 갖고 살아갈 수 있는 꿈 부자…….
그래서 그런지 무척 만족하는 삶이었다.

나는 예전에 행복했던 나로, 열정 가득했던 나로 돌아가고 싶었다.
그래서 시작한 것이 자원봉사였다. '저 여자는 뭐가 저렇게 사는 게
신나? 재수 없어'라고 소리를 들을 정도로 신바람 일으키면서 할 수
있는 것이 자원봉사였고 나는 나의 작은 지식과 경험을 이웃들과 나
누며 봉사하기로 마음먹었다.

내가 처음으로 자원봉사를 하려고 했던 곳은 내가 열아홉 살까지
살았던 노량진에 위치한 구립 유치원이었다. 목욕탕에서 목욕을 하
다가 옆에 있는 아줌마들과 벌거벗은 몸으로 수다를 떨면서 노량진에
있는 어린이들에게 영어를 가르쳐 주면 좋겠다는 생각이 들었다.

멀리까지 가서 하는 자원봉사도 의미가 있지만, 바로 내 이웃사촌
들과 함께하는 게 나에겐 더 현실적이었다. 눈을 뜨면 만날 수 있는
곳에서 내가 가지고 있는 것들을 나눌 수 있다면 그것 또한 무척 의미
있는 일인 것 같았다. 한국에 머무는 3주 동안 하루에 두 시간씩 부담
없이 영어회화를 어린이들에게 가르쳐 주고 싶었다.

"어떻게 오셨나요?"

"저어, 원장님을 만나러 왔는데요."

"왜요?"

"저는 캐나다에서 왔는데요, 제가 한국에 3주 동안 머무를 예정인

데 그 기간 동안 제가 살았던 노량진에서 영어회화를 어린이들에게
가르치는 자원봉사를 하고 싶어서요."

그 젊은 유치원 선생님은 무릎 나온 운동복에 목욕 가방을 들고 있
는 옹색한 차림의 나를 아래위로 훑어보고 문전 박대를 했다.

"원장님, 지금 안 계세요!"

내가 다섯 살 때 막내 이모의 동거남인 박 서방에게 배운 일어 숫자
를 지금까지 하나도 잊지 않고 모두 기억하는 것처럼 동네 유치원에
다니고 있는 아이들에게 죽을 때까지 잊지 않게 몇 마디 영어회화를
가르쳐 주고 싶었는데 그럴 기회를 잡지 못했다.

'나는 누구보다도 영어회화를 잘 가르칠 수 있는데, 몇 마디 영어
회화 문장이 이 어린이들에게 영어에 대한 관심을 끌게 하는 작은 씨
앗이 될 텐데…… 아이들이라 마른 스펀지처럼 영어를 쏙쏙 잘 배울
텐데…….'

나의 겉모습을 보고 거절하는 선생님의 모습을 보면서 안타까웠
다. 하지만 한편으로는 잘 모르는 사람에게 아이들을 맡기기 어려웠
으리라 하면서 이해했다. 그런 경험을 한 후 나는 서울에 있는 대안
학교에서 무료로 영어 특강을 하게 됐다.

첫 번째 영어 특강에서 눈을 뜨고 생활하는 모든 곳에 널려 있는 영
어 단어를 활용하는 법을 가르쳐 줬다. 나처럼 영어권에서 몇십 년을
살아온 사람들은 영어를 많이 쓰는 한국에서 살기가 참으로 편하다.
하다못해 샴푸를 봐도 이게 뭐하는 제품인지, 한글 표기보단 영어 표

기를 쉽게 읽을 수 있었다. 물론 잘못 쓰인 우스운 단어도 있다. 예를 들어 '왕 만두(biggest dumplings)'를 거창하게 똥을 쌌다는 뜻인 '왕 똥 (biggest dump)'이라 써놓기도 하고 또는 모든 땅콩들이 들어 있는 것을 'mixed nuts'라고 표기하는 대신 'mix nuts'라고 쓰기도 한다.

걸어 다니는 거리 곳곳마다 영어가 있었다. 버스나 지하철을 타고 다니면서 눈에 띄는 영어 단어를 적어 강의를 하니 학생들이 평소에 뜻은 몰랐지만 많이 들어본 단어라서 금방 이해를 했고 기억도 오래 할 수 있었다. 또 학생들은 모두 나처럼 어릴 적에 배움의 기회를 갖지 못하고 늦게 배움의 길을 택한 분들이었다. 그래서 그런지 그분들의 배움에 대한 열정은 용광로처럼 무서운 화력을 갖고 있었다. 낮에는 일하시고 야간에 중학교나 고등학교 과정을 듣느라 수업 시간에 많이 존다는 소리를 미리 정규 선생님들께 들었다. 하지만 피곤한 저녁 시간인데도 한 분도 졸지 않고 영어 특강을 들으셨다. 50분 수업 시간이 10분만 강의한 것처럼 빠르고 즐겁게 지나갔다.

심지어 어떤 학생은 자기 이름을 내 이름 킴벌리와 똑같이 바꾸시겠다고 했다. 본인 성이 엄 씨라서 이제부터 '엄벌리'라고 불러 달라고 하셨다. 그 대안 학교에서 자원봉사를 5년째 하다 보니 4년제 대학 영문과나 사회 복지과로 진학하시는 어르신들을 만날 때가 있다. 그분들에게 고개 숙여 경의를 표하고 싶다.

"그 나이에 무슨 학교……. 집에서 손자들이나 보고 있지" 하고 친지들에게 격려 대신 비아냥거림을 받으면서 배움의 길을 선택하신 그분들은 진정한 자유인이 되셨다. 자녀들이 학교에서 가정 조사서를 작성하면서 "엄마 최종 학력을 뭐라고 적어?" 하고 물을 때 "중졸이라고 해!" 아님 먼젓번에 한 중졸을 기억하지 못해 "고졸이라고 해!" 하면서 고무줄처럼 늘였다 줄였다 하는 학벌 위조를 더 이상 하지 않으셔도 되는, 자신감 속에서 살게 된 그분들에게 커다란 박수를 보낸다.

아들이 원어민 교사로 근무하는 고등학교에서 고1 학생들에게 '열정으로 가득한 삶'에 대해 강의 의뢰가 들어 왔다. 그 학교에서 일하는 아들 입장을 고려하다 보니 잠시 망설여졌다. 그런데 10시간을 강의하면서 보니 아들은 강의 내용 중에 하는 우리 집 이야기를 편하게 받아들이고 있었다.

강의가 나 혼자만의 수다 잔치가 아니었음을 아는 것은 청강생들이 이메일을 보내올 때이다. 고1의 예쁜 여학생이 강의가 끝난 후 나에게 장문의 이메일을 보내왔다. 사업을 하시던 아버지가 IMF 재정 위기를 맞아 힘들다는 등 개인 사정 이야기를 하면서 본인 또한 삶을 포기할까 생각했다고 한다. 그리고 쉽게 사는 방법 등도 고려했지만, 내세울 것 없는 내 이야기를 듣고 본인 또한 삶을 포기하지 않겠다며 새로운 각오를 나에게 보여 주었다.

나는 내 강의를 듣는 모든 청강생들이 삶을 획기적으로 바꿨으면 하는 그런 욕심은 없다. 다만 단 한 명에게라도 긍정적 영향을 줄 수 있다면 나에게는 큰 영광이 된다. 개똥도 약으로 쓸 수 있는 것처럼 깨끗하고 정갈한 온실이 아닌 들에 핀 마구잡이 잡초 같은 삶을 살아온 나도 누군가에게 좋은 이야기를 들려줄 수 있다는 게 너무나 기쁘다.

그 후 그 여학생을 1년 뒤 다시 강의하러 갔을 때 또 만났다. 학생 대표로 교장실에 온 그녀를 처음엔 알아보지 못했다. 예전보다 더 얼굴에서는 눈이 부시게 광채가 나고 원래의 성실한 모습이 한층 더 발전되어진 그녀, 당당한 그녀에게 내가 오히려 커다란 활력소를 공급받은 듯했다.

와서 강의를 해달라는 곳은 초등학교도 마다하지 않고 갔다. 내가 편하게 느껴지는 곳은 잘 사는 사람들의 자녀들이 있는 곳이 아닌, 퇴비 냄새가 고향의 품처럼 반기는 곳이었다. 두 군데의 서울 근교 초등학교에 가서 학생, 학부모, 그리고 교사들과 함께했다. 그 시간들은 정말 잊지 못할 순간들이었다. '잠은 많이 자는데 꿈을 꾸지 않는 아이들'이라며 강의를 부탁해 오신 교장선생님들과 대화를 하다 보니 대한민국 교육의 미래는 밝다는 생각을 하게 됐다. 너무나 훌륭하신 분들이었다.

나처럼 유명하지도 않은 사람을 불러 아이들에게 맞는 강의를 부탁하는 그분들은 열린 마음으로 앞서 가시는 스승이셨다. 최선을 다하시는 그분들의 뜨거운 열정과 학생들을 사랑하는 모습에서 나는 어려운 현실이 꿈을 향해 가는 사람들에게 방해 요소가 될 수 없다는 것을 새삼 느끼게 되었다.

캐나다에서는 이민자들을 초대하는 곳에 가서 같은 이민자로서 느끼는 감정을 함께 나눈다. 그리고 나의 수다가 필요한 곳에 가서 사회를 봐준다. 연말이면 이곳 캐나다에서는 뜻있는 많은 동포들이 양로원을 방문하고 음악회도 열어 불우이웃 돕기 성금을 마련한다. 그리고 국가 유공자 협회 연례행사도 연다. 그때 나를 불러주면 바쁜 척하지 않고 무조건 달려간다.

누군가의 정신적인 허기를 작은 빵 부스러기만큼이라도 달래줄 때 내가 오히려 배가 터져 죽을 정도로 많은 위로와 격려를 얻어먹고 온다. 적은 강의료밖에 못 줘서 미안하다며 부끄럽게 내미시는 봉투 안에 들어 있는 강의료는 오병이어의 역사처럼 내 가슴에 또 다른 돈벼락이 되어 내린다. 그건 첫 번째 돈벼락을 맞고 찾아온 눈에 뵈는 게 없는 거만증과 우울증을 말끔하게 치료해준 단비이기 때문이다.

❋ 나의 멘토, 나의 영웅들

세상을 살아가는 데 꼭 필요한 것은 바로 멘토다. 우리는 먼 밤하늘에 반짝이는 별처럼 빛나 보이는 이들을 멘토로 삼고 싶어 한다. 하지만 나에게 멘토들은 눈을 뜨면 매일 쉽게 만날 수 있는, 내 주위에 가까이 있는 분들이었다.

내게 어떤 삶이 더 생산적인 삶인지를 가르쳐 주신 내 생애 최초의 멘토는 소위 출세하고 거룩한 인물들이 아니었다. 어쩌면 지지리 궁상이라고 말할 수 있는 사람들인지도 모른다. 하지만 난 그분들과 함께하면서 소위 팔자라고 하는 녀석은 언제든지 마음만 먹으면 바꿀 수 있는 것임을 알게 되었다.

그리고 더없이 따뜻했던 선생님들, 이웃들과 함께하면서 나는 하루하루 더 사랑하는 방법을 익히게 되었다.

큰이모

결혼 한 달 만에 한글을 몰라 이혼 서류인 줄도 모르고 기분 좋게 지장을 꾹 눌러 찍은 큰이모. 정말 무식해서 자기 자신을 보호할 수 없었던 이모.

유대인들은 후손들에게 배움의 달콤함을 가르쳐 주기 위해 책을 읽힌 후 아이의 손에 꿀을 묻혀 핥게 한다. 하지만 나에겐 배움이란, 무지로 인해 나의 인권이 유린당하지 않게 하는 꼭 필요한 보호막이었다. 그리고 큰이모는 그걸 알려 주신 멘토셨다. 이모의 한 많은 인생을 보면서 교훈을 얻었다면 나는 너무 이기적인 사람인 걸까?

엄마

엄마는 아홉 살이 되고 맞이한 어느 추운 겨울날, 홍역 때문에 오른 열을 식히기 위해 개울가에 살얼음을 아이스크림처럼 깨 먹은 결과로 천식을 얻었다. 그 기침 소리가 새벽녘을 깨우는 수탉 소리처럼 나에겐 알람 시계였다. 유년시절부터 오장육부가 떨어져 나가는 듯한 고통스러운 기침 소리를 듣고 자란 나는 지금까지 늦잠을 자본 적이 없다. 그리고 노력하지 않아도 어느새 아침형 인간이 되어 있었다.

참을 수 없는 기침 때문에 이웃들 잠을 설치게 했던 게 미안했던 엄마는 콜록거리면서 시키는 사람 없어도 하루도 빠지지 않고 골목길을 쓸고 청소하셨다. 그런 엄마를 도우며 나는 이른 아침에 일어나 대지에서 올라오는 찬 기운에 정신을 가다듬고 남들보다 하루를 일찍 시작할 수 있는 습관을 가지게 되었다. 엄마는 나의 근면성에 커다란 영향을 끼친 멘토시다.

이선자 선생님

선생님을 만난 지 30여 년이 되었다. 해마다 선생님과 점심을 함께 할 때마다 나는 철없는 갈래 머리 학생이 되어 "선생니임~~" 하고 그분의 손을 꼭 잡는다.

내가 학교에 다닐 때 서초동은 길가에 한들거리는 코스모스가 가을의 정취를 더해 주던 미개발 지역이었다. 버스도 딱 28번과 72번 두 개의 노선만 있었다. 아침 등굣길에 칠성사이다 공장 앞을 지나가면서 도시락통 가득 시원한 사이다를 마시고 싶은 충동을 이기곤 했던 그때, 나는 작은 옹달샘처럼 졸졸 감수성을 흐르게 하는 샘물 같은 분을 만났다.

선생님은 항상 우리에게 새로운 것을 찾으라고 살뜰히 권하는 따뜻한 스승이셨다. 그때 여상 출신 학생들은 대학에 거의 진학하지 않는 분위기라서 문화생활에 익숙하지 않았다. 그런 우리가 안타까우셨는지 선생님은 항상 인사동이나 대학로에서 하는 무료 공연이나 전시회를 관람하라고 격려해 주셨다. 하지만 매달 부모님이 주시는 일정한 버스 통학비 때문에 여기저기 다닐 수는 없었다. 그래서인지 선생님은 가끔 교과서에서 찾아 읽을 수 없는 시와 에세이를 읽어 주셨다. '선생님은 혼자 떠드세요. 저는 잘렵니다'하고 얼굴을 책상 위에 파묻는 아이가 있는가 하면 남자아이들과 미팅을 주선하느라 열심히 짝꿍들에게 쪽지를 보내는 아이들도 있었다. 하지만 나는 열심히 선생님이 읽어 주시는 시를 받아쓰곤 했다.

그때 나는 한창 예민한 감수성 때문에 '별이 빛나는 밤에'라는 라디오를 밤늦게까지 들으면서 회색빛처럼 우울한 청소년기를 달래야만 했다. 매일 같이 대학생들의 데모가 뉴스의 첫 장면을 장식할 정도로 당시 시기는 흉흉했고 나는 어린 나이에 고등학교 졸업과 동시에 취업이라는 현실을 맞이해야 했기 때문이다.

학교에 도착하자마자 바로 마른걸레로 닦아내야만 했던 구두 위 뽀얀 흙먼지처럼 내 영혼은 목이 타듯이 몹시 메말라 있었다. 그런 현실 속에서 단비처럼 영혼을 적셔 주신 분이 바로 나의 영원한 스승이신 이선자 선생님이시다.

나의 영원한 스승이시여, 사랑합니다! 존경합니다!

미스터 오바야시

나는 유난히 좋은 사람들을 많이 만난다. 한국이 IMF에서 금융 지원을 받으며 많은 기업이 도산되었을 때, 그걸 해결하고자 이곳 토론토에서 한국 자동차 하청 업자들의 전시회가 열렸다.

그때 나는 노년의 일본계 캐나다인 신사를 만났다. 그분은 캐나다에 있는 일본 자동차 공장에 부품을 납품하는 하청 업자로 자동차 부품 전시에 오셨다. 그때 나는 이십여 명의 젊은 통역관들과 통역 자원봉사를 하고 있었다. 그곳에 오시는 많은 바이어들의 이름을 미리 읽어 놓았기에 일본인이 딱 한 분 오셨을 때 나는 그분이 바이어 명단에서 읽었던 오바야시인줄 알았다. 그래서 나는 그분의 성함을 호명하면서 인사를 했다.

많은 바이어들이 이곳저곳을 보고 있는 동안 그분은 찾고 있던 회사를 못 찾으셨는지 얼마 안 돼 그곳을 떠났다. 그리고 한 10분 후 다시 돌아오더니 나에게 상자 하나를 주셨다. 너무 바쁜 상황이라 상자를 급히 열어보니 그 안에는 그분 회사 로고가 찍힌 열쇠고리가 있었다. 감사의 인사를 나누고 그분은 떠나가셨다. 그 후 2년이 흘러 골프 연습장에 갔을 때 유독 눈에 많이 익은 분이 계셨다.

'어디서 봤을까?'

하고 골프장 주인에게 물어봤더니 그분은 한국인이 아니라고 한다. 그때 나는 그분이 바로 2년 전 열쇠고리를 주신 노신사임이 생각이 나서 인사를 했다.

"나는 당신이 누구인지 아는데……. 오토 전시회에서 만난 스마트 걸! 맞지?"

그분은 내가 그분을 기억할 때까지 아는 체하는 무례를 범하지 않고 기다리고 계셨던 것이었다. 깔끔하시면서 매너가 좋은 그 노신사가 어떤 공장을 운영하는지 참으로 궁금했다. 그래서 노신사의 공장을 견학하고 싶다고 말했더니, 흔쾌히 초대를 해주셨다. 토론토 동부에 위치한 그분의 공장은 내가 생각하고 있었던 작은 하청 공장이 아니었다.

헬멧과 쇠가 들어간 작업화를 신고 들어간 그분의 공장은 엄청난 기계 소리가 쉴 새 없이 돌아가는 거대한 공장이었다. 견학을 마치고 나니 그분이 그토록 찾았던 한국 기업을 연결 못해 드린 게 아쉬웠다.

그 후 그 노신사는 나에게 많은 영향을 주셨다. 그분은 나이 마흔다섯 살에 사업을 시작해서 일흔다섯 살에 은퇴를 하셨다. 그리고 은퇴 후 회사를 인수한 유대계 캐나디안 사장을 무료로 보좌하면서 일본 본사와의 소통을 도와주셨다. 또 관절염을 앓고 계시면서도 지난 40년 동안 어려운 아이들을 위해 무료 검도 교실을 꾸준하게 운영하실 정도로 성실하셨다. 가끔 내가 인생을 후발 주자로 살아간다고 생각이 들 때면 그분의 인생을 생각해본다. 그리고 그분의 말씀을 되새겨본다.

"킴벌리야! 걱정 마! 너는 잘할 거야! 나는 나이 오십이 다 되어서야 내 회사를 운영했다고……. 그리고 열심히 30년을 일했다. 그 정도면 많이 일한 것 아니니? 그러니 너도 너무 초조해하지 말고 꾸준히 하면 될 거야"

하고 격려를 해주시곤 했다.

"킴벌리야! 나는 다시 태어나면 한국 사람으로 태어나고 싶어" 하시는 그분은 그야말로 한국과 일본의 뼈아픈 역사와 세대를 넘어 인간의 아름다운 모습을 보여주신 분이다.

캐나다 선생님들과 이웃들

내가 캐나다에서 지속적으로 배움의 끈을 잡을 수 있었던 것은 아마 이름을 기억할 수 없는 진짜 교육자들 덕분이 아닐까 생각한다.

배려를 밑바탕으로 한 캐나다 교육은 철저히 내 능력에 맞춘 등급 제였다. 대학교 진학을 향한 목표에 맞게 내가 고등학교 3학년 영어 과목을 택할 때 만난 선생님은 너무나 훌륭한 교사셨다. 자그마한 얼굴에 동그란 안경을 쓴 눈가엔 항상 학생들에 대한 애정을 담은 미소가 가득했다.

그분은 한 가정의 주부로서 자녀를 양육해 보신 분이라서 그런지 학생들의 상황을 이해하시는 폭이 넓었다. 북미에서는 고전으로 치는 1920년대 대공황을 배경으로 하는 소설을 읽고 마구잡이로 독후감을 써와도 칭찬에 인색하시지가 않았다. 대신 항상 우리만의 단어로 리포트를 써오기를 주문했다. 그때마다 죽을 맛이었지만, 조금씩 내 머리에서 나오는 독창적인 해석을 하는 습관을 가질 수 있었다.

언젠가 로버트 프로스트의 〈사과 따기Apple picking〉라는 시 해석을 삶과 존재 그리고 그에 따른 목표에 대한 발언을 했더니 "너는 정말 뛰어난 감수성을 가졌구나!"하면서 칭찬을 아끼지 않으셨다. 그야말로 주접을 맘껏 떨 수 있게 학생들의 기를 팍팍 살려 주셨던 그분은 내 영혼에 또렷이 새겨진 참 교육자시다.

아이들이 유치원에서 들어가면 교사들은 남에 대한 배려를 가르친다. 그건 손이 아닌 본인의 옷소매로 입을 꼭 막고 기침하는 법을 먼저 가르치는 것이다. 손으로 막고 기침을 하면 남들과 함께 쓰는 문고리를 잡거나 악수를 했을 때 상대방에게 최소한의 감기 바이러스를 묻힐 수 있기 때문이다.

많은 이가 서구사회는 개인주의가 팽배하다고 말한다. 그렇게 말하는 내면에는 좋은 점도 있겠지만 자기만 아는 그런 부정적인 면을 더 내포할 때도 있다. 하지만 내가 지난 28년 동안 만나본 캐나다인들은 남에게 피해를 주지 않는 개인주의자다. 남의 일에 감 나와라 떡 나와라 하지 않지만 엄동설한 빙판길에 뒤에 오던 여자가 넘어져 발소리가 들리지 않을 때면 재촉하던 빠른 걸음을 멈추고 뒤로 다시 돌아가 넘어진 사람을 일으켜 주는 사람들이었다. 그리고 벗겨진 채 길거리에서 두들겨 맞는 여인을 본다면 그 여인의 나체를 구경하는 대신 얼른 입고 있던 겉옷을 벗어 덮어주는 그런 친절한 개인주의였다.

무식해서 미안하다! 하고 도움을 청할 땐 그들은 언제나 최선을 다해 도움을 주었다. 하다못해 감사 나온 세무청 직원에게 이럴 땐 어떻게 해야 하나? 하고 물어보면 시시콜콜 다 알려 주고 다음을 대비해서 어떻게 해야 불이익을 당하지 않는다 하면서 정말 인간적으로 대해 주었다. 가끔 내 고객을 감사하러 나온 세무청 직원이 대학 동기일 때도 있다. 그럴 때마다 그들은 공과 사에 분명하게 선을 긋는 개인주의의 극치를 보여준다. 너와 나의 사적인 관계는 있으나 공무원으로 나왔으니 그리 알라면서 본인이 해야 할 모든 일을 꼼꼼히 공적으로 다하고 간다. 하지만 그들의 그런 개인주의가 무식한 나에겐 무척이나 매력적이다. 그건 원칙대로 하는 그들 덕에 눈치 없이 사는 내가 잔머리 굴릴 필요가 없기 때문이다. 그들은 원칙대로, 법대로 살아가는 게 최고로 현명한 삶임을 알려준 나의 멘토들이다.

✱ 나의 꿈과 비전

췌장에 문제가 있다는 병명을 듣고 딱 3개월 만인 2004년 봄, 아버지가 돌아가셨다. 화해를 하지 못한 채 나는 아버지를 보내드렸다. 아버지는 6·25 참전 용사로 전라북도 임실에 있는 호국원에 안장되셨다. 72년 동안 아버지의 영혼을 담았던 육체가 몇백 도의 화력에 녹아 한 시간도 안 돼서 작은 항아리에 유골로 담겨져 나왔다.

새벽 동녘이 화장터 안에 있는 앙상한 가지 위에 아버지의 영혼과 함께 걸려 있는 듯했다. 아버지가 환하게 웃고 계신 것처럼 한줄기의 작은 햇살이 내 얼굴을 수줍게 비친다.

'아버지! 이제 편안하세요?'

고명딸인 나는 어린 시절부터 아버지한테 애교보단 잔소리가 많았다.

"아버지, 제발 술 좀 그만 마시세요!"

하고 아버지께 간청을 할 때마다

"이보라우! 니 아바지가 술을 마실 수 있을 때가 좋은 때인 기야! 그만큼 내가 건강하다는 거지……."

가끔씩 아버지의 서울 말씨에 평안도 사투리가 섞여 나왔다. 아버지의 고향 말씨는 열다섯 살 때 고향을 떠나오신 한을 풀기 위해 명절 때 홀로 임진각에 다녀오시고 나면 더 진하게 나왔다.

아버지를 원망하는 엄마의 한탄 소리를 통해 나와 아버지의 관계가 형성되었다. 아무리 술을 마셔도 자식들에게는 손찌검이나 쌍욕을 퍼붓지 않으셨던 아버지. 그런데도 나는 아버지를 순진한 엄마의 인생을 망친 나쁜 남자로 알고 성장해왔다. 나 또한 엄마처럼 한 많은 인생이 될 것 같아 한국 남자와 결혼을 해서 가정을 이뤄 산다는 것은 상상조차 하지 않았다.

하얀 보자기에 곱게 싸인 아버지의 유골 항아리를 받아 든 큰오빠의 장갑 낀 두 손을 보았을 때, 아버지와 딸의 관계가 아닌 제삼자의 입장에서 아버지를 한 인간으로 다시 볼 수 있었다.

나는 아버지의 아픈 가슴을 한 번도 생각해본 적이 없는 딸이었다. 내가 선택해서 캐나다에 와서 살면서도 원하지 않게 고향을 떠나 평생 망향가를 부르셨던 그분의 마음은 헤아리지 못했다. '아버지도 남자다! 남자도 외로워서 울고 싶을 때가 있다!'라는 생각도 해본 적이 없었다.

그저 아버지는 외로운 감정도 갖지 않고 사는 사람, 강철같이 매일 성실히 일하는 사람, 그리고 등골에서 나오는 엑기스를 무한정 뽑아 먹어도 괜찮은 사람이라고 생각했다. 아버지가 돌아가시고 난 후에야 뒤늦게 아버지도 나처럼 연약한 인간임을 알게 되었다.

유골이 되기 전의 시신을 붙잡고 외치고 싶었다.

'아버지! 미안해! 내가 너무 못된 딸이었어!'

뼛속 깊이 스며드는 허하고 외로운 마음을 술로 달래면서 잊으려고 했던 아버지에게 왜 나는 매정한 말만 내뱉었을까? 아버지의 유골을 안고 화장터를 떠나 장지로 향하는 몇 시간 동안 내가 앞으로 가질 꿈과 비전을 그려갔다.

이생에서 아버지와 딸로 만나 누구보다 따뜻하게 사랑하는 관계를 맺을 수 있었는데 아버지를 이해하려고 노력도 하지 않은 꽉 막힌 아집 때문에 나는 아름다운 관계를 만들지 못했다.

그래서 나는 굳게 마음먹었다. 이제 다시는 누구도 미워하지 않기로……. 내가 누군가에게 용서를 구하듯, 나 또한 용서를 하고 화해를 하면서 살아가기로…….

죽으면 영혼이 가는 천국도 가야 하지만 작지만 따스한 마음과 부드러운 말씨로 내 주위를 작은 천국으로 만들고 싶다. 이민 1세로서 덕망 있는 정치인, 알찬 투자 회사 CEO가 되어 많은 직원을 두고 살아가는 거창한 꿈보단 긴 동짓날 뒤뜰에 내리쬐는 따스한 햇살 같은 소박함을 꿈꾼다. 그 작은 소박함이 나에겐 행복이요, 성공이다.

꽃뱀으로 오해를 받을 여지가 있다 해도 지하철이나 버스 안에서 누군가와 눈이 마주치면 살짝 입꼬리를 올리고 작은 미소를 보내고 싶다. 그것이 내가 만들 수 있는 작은 천국이라 믿는다. 이것이 내가 오늘 꿈꾸는 허술한 비전이다.

❀ 에필로그

　지금까지 살아온 것처럼 다시 살겠냐고 어느 누가 나에게 물어 왔다. 내가 걸어온 길이 결코 쉽지는 않았지만, 매순간 뜨거운 열정이 친구가 되어 주었다. 그래서 나는 한 점 주저 없이 대답할 수 있다.

　"네, 또 그렇게 살겠습니다!"

　절망 속에서도 소망을 찾으려고 흘렸던 눈물을 다시 흘리겠다. 미움 속에서도 용서와 사랑을 하려고 했던 노력을 또다시 하겠다. 실망스러웠던 순간이 찾아왔을 때 소태처럼 쓴 삶이 아닌 선한 것에 초점을 두며 살겠다. 그것이 바로 나 자신을 사랑하는 방법이기 때문이다.

　인생의 밑바닥을 기어 다닐 때 간신히 움켜질 수 있었던 미세한 작은 빛줄기는 온 태양을 품은 것보다 더 커다란 파장이 되어 가슴을 뜨겁게 했었다. 알 수 없는 미래를 향한 마음을 담아 놓은 30년 전 일기장을 오랜만에 펼쳐 보니 그 안에는 오늘의 내 모습이 미리 그려져 있었다. 희망찬 미래는 포기하지 않고 꿈꾸는 사람을 향해 열려 있다는 것을 다시 한번 확인할 수 있었다.

짧은 영광의 순간들은 이제 지나갔다. 어제의 성취감의 그림자를 내일까지 붙잡고 가기엔 삶이 짧다. 마치 빙산에서 떨어져 나간 얼음 조각 위에 오래 머물 수 없는 것처럼 말이다. 또 다른 빙산의 파편이 내 옆으로 떠내려올 때 나는 다시 용기 있게 힘찬 점프를 할 것이다.

산사람들은 목숨을 걸고 산에 올라갔다가 내려와서 또다시 산에 오른다. 그것처럼 삶은 지속적으로 이어진다. 술을 마실 때도 마찬가지다. 모두 원샷!하고 마시고 나서 우리는 또 그러지 않는가?

"이모, 여기 소주 한 병하고 오징어 한 마리 추가요!"

목적을 달성했다고 해서 허한 가슴이 채워지지는 않는다. 내가 그토록 원했던 공인회계사 합격 통지서를 받았을 때 그 기쁨은 하루밖에 가지 않았다. 너무 허무한 느낌이 들었다. 산 정상이 아닌 산봉우리를 향해 걸어갈 때 나는 너무 행복했었다. 삐질삐질 땀을 흘리면서 산꼭대기를 밟은 순간 나는 이제 그곳에서 내려와야 한다는 것을 깨우쳤다. 그런데 하산할 때 더 많이 추락사가 있는 게 인생 아닌가?

죽을 둥 살 둥 올라갔다 해도 영원히 있을 수 있는 곳이 아님을 나는 이제 안다. 삶은 작은 점 같은 과정이 모여 굵은 선을 이어 만들며 흘러간다. 이제는 결승점을 바라보지 않는다. 그저 다시 올라갈 또 다른 산등성이를 쳐다본다. 그리고 이제는 혼자가 아닌 많은 이들의 손을 잡고 천천히 쉬며 가며 올라가려고 한다.

그래서 오늘 나는 20년 후 내 모습의 새로운 설계도를 그린다!

Almighty Lord! Grant me wisdom, strength, courage, compassion and peace of mind.

나를 사랑하는 나를 만나러 가는 길

행복한 기적

지은이 김영희

1판 1쇄 발행 2012년 1월 20일
1판 2쇄 발행 2012년 2월 6일

발행인 김소양
책임편집 이윤희
마케팅 김지원, 이희만, 장은혜

발행처 ㈜ 우리글
출판등록번호 제 312-2010-000113호
출판등록일자 1998년 6월 3일

주소 서울 서초구 양재2동 299-5 남양빌딩 6층
전화 02-566-3410 **팩스** 02-566-1164
홈페이지 http://www.dameet.com **블로그** blog.naver.com/wrigle

값은 표지에 있습니다.
978-89-6426-047-0 03810

잘못 만들어진 책은 구입하신 서점에서 교환해드립니다.